Süddeutsche Zeitung Bibliothek – München erlesen | Herbert Achternbusch – Die Olympiasiegerin • **Alfred Andersch** – Der Vater eines Mörders • **Friedrich Ani** – Süden und der Straßenbahntrinker • **Ernst Augustin** – Die Schule der Nackten • **Max Bronski** – München Blues • **Lena Christ** – Die Rumplhanni • **Lion Feuchtwanger** – Erfolg • **Oskar Maria Graf** – Wir sind Gefangene. Ein Bekenntnis • **Ödön von Horváth** – Der ewige Spießer • **Wolfgang Koeppen** – Tauben im Gras • **Annette Kolb** – Die Schaukel • **Walter Kolbenhoff** – Schellingstr. 48. Erfahrungen mit Deutschland • **Thomas Mann** – München leuchtete • **Andreas Neumeister** – Salz im Blut • **Gräfin Franziska zu Reventlow** – Herrn Dames Aufzeichnungen • **Josef Ruederer** – Das Erwachen • **Andrea Maria Schenkel** – Kalteis* • **Siegfried Sommer** – Und keiner weint mir nach • **Ludwig Thoma** – Münchnerinnen • **Uwe Timm** – Heißer Sommer • **Karl Valentin** – Die Jugendstreiche des Knaben Karl

Ausgewählt von der Feuilletonredaktion der Süddeutschen Zeitung | 2008

Friedrich Ani

Süden und der Straßenbahntrinker

Friedrich Ani

Süden und der Straßenbahntrinker

Roman

Süddeutsche Zeitung Bibliothek

Bibliografische Information der Deutschen Nationalbibliothek
Die Deutsche Nationalbibliothek verzeichnet diese Publikation in der Deutschen Nationalbibliografie.
Detaillierte bibliografische Daten sind im Internet über http://dnb.d-nb.de abrufbar.

Der vorliegenden Ausgabe liegt die Textfassung der Originalausgabe des bei Knaur erschienenen Buches zugrunde.
Lizenzausgabe der Süddeutschen Zeitung GmbH, München
für die Süddeutsche Zeitung Bibliothek 2008, München erlesen

Foto: Dennis Schmidt/endusted.com
Autorenfoto: Anita Schiffer-Fuchs, Köln
Klappentext: Dr. Harald Eggebrecht
Gestaltung: Eberhard Wolf
Grafik: Dennis Schmidt
Projektleitung: Dirk Rumberg
Produktmanagement: Sabine Sternagel
Satz: vmi, Manfred Zech
Herstellung: Hermann Weixler, Herbert Schiffers
Druck und Bindearbeiten: CPI – Ebner & Spiegel, Ulm
Printed in Germany
ISBN 978-3-86615-630-2

Ich arbeite auf der Vermisstenstelle
der Kripo und kann meinen eigenen Vater
nicht finden.

Tabor Süden

1

Der Mann sah mich an und gleichzeitig an mir vorbei oder durch mich hindurch. Merkwürdigerweise hatte ich nicht den Eindruck, er würde schielen. Anscheinend stimmte mit seinen Augen etwas nicht, sie bewegten sich alles andere als synchron, und die Pupillen wirkten außerdem ungewöhnlich groß.
Der Mann stand vor mir, die Hände in den Taschen seiner Cordhose, und schwitzte. Es war heiß an diesem dritten September, und die Luft in der Halle des Hauptbahnhofs, wo wir uns getroffen hatten, schmeckte klebrig. Und doch kam es mir vor, als schwitze der Mann nicht deswegen. Als schleppe er vielmehr einen glühenden Körper mit sich herum.
Der Mann schien gleichermaßen hochgradig verwirrt und sich seiner Sache vollkommen sicher zu sein. Es war, als stünden zwei Personen vor mir. Und hätte der Mann mich gefragt, wie ich zu dieser Einschätzung komme – er selbst sehe sich nämlich keineswegs doppelt –, ich hätte keine plausible Antwort gewusst.
Aber ich war überzeugt, dieser Mann, der sich mit dem Namen Jeremias Holzapfel vorgestellt hatte, log mich die ganze Zeit über an. Und zwar nicht, weil er mich bewusst täuschen wollte, sondern weil er nicht anders konnte. Weil er selbst nicht die geringste Ahnung hatte, was mit ihm vorging, warum er sich so verhielt, was genau er eigentlich von mir erwartete.
»Ich hab Urlaub, Herr Holzapfel«, sagte ich.
Das erklärte ich ihm bereits zum vierten Mal.
»Können Sie was für mich tun?«, fragte er.
Ich wusste nicht, was. Und meine Kollegen wussten es auch nicht. Bevor Volker Thon, der Leiter der Vermisstenstelle im Dezernat 11, wo ich als Hauptkommissar arbeite, mich anrief, hatte er zwei Tage lang versucht den Mann zu beruhigen. Er war Dienstag morgens plötzlich aufgetaucht und ließ sich nicht wieder abschütteln. Zunächst hatte Thon vorschriftsgemäß die Angaben des Mannes notiert, um einen Vermisstenwiderruf für das Computersystem des Landeskri-

minalamtes zu verfassen. Bald aber merkte er, dass die Aussagen des Mannes auf keinerlei vorhandenen Daten basierten und seine Beteuerungen offenbar Hirngespinste waren.
Jeremias Holzapfel war mit der Absicht auf die Vermisstenstelle in der Bayerstraße gekommen, seine Rückkehr kundzutun. Nachdem er, wie er sagte, vier Jahre und sechs Monate verschwunden gewesen sei, teile er offiziell mit, dass er nicht länger vorhabe, seine Verwandten und Freunde über seine Lebensumstände im Unklaren zu lassen, und beabsichtige, von nun an in seiner Heimatstadt zu bleiben.
»Löschen Sie meine Daten!«, hatte er zu den Hauptkommissaren Thon und Weber gesagt. »Es gibt keinen Grund mehr mich zu suchen.«
Eine Stunde später war meinen Kollegen klar: Dieser Mann ist nie vermisst worden. Kein Mensch hatte in den vergangenen vier Jahren und sechs Monaten nach ihm fahnden lassen, weder in Bayern noch in einem anderen Bundesland. Über Jeremias Holzapfel existierte keine Akte, in den Systemen von LKA, BKA und unserer eigenen Direktion gab es für sein Verschwinden keinen Anhaltspunkt.
Natürlich hatten meine Kollegen ihn nach Hause geschickt, angeblich wohnte er in einem Hochhaus mit der Adresse Theresienhöhe 6 c, das war im Westend, oberhalb der Theresienwiese, auf der jedes Jahr das Oktoberfest stattfindet.
Unter dieser Anschrift war Jeremias Holzapfel, wie meine Kollegen schnell herausfanden, tatsächlich gemeldet. Ihr Angebot, ihn dort hinzubringen, lehnte er ab.
Drei Stunden später klingelte er erneut an der Eingangstür im Parterre des Dezernats. Er nannte einen anderen Namen und gelangte bis vor die verschlossene Glastür im vierten Stock. Dreist behauptete er gegenüber der jungen Freya Epp, die erst kurz zuvor ihren Dienst angetreten hatte, er habe einen Termin bei Volker Thon. Daraufhin blieb meinem Vorgesetzten nichts anderes übrig als sich noch einmal mit Holzapfels Geschichte zu beschäftigen, was ihm, wie ich mir gut vorstellen konnte, ein Höchstmaß an Disziplin abverlangte. Leute, die ihm den Nerv töteten, würde er jedes Mal am liebsten wegen Lebenszeitdiebstahls anzeigen. Dennoch gelang es ihm

Holzapfel einzureden, seine Angaben seien selbstverständlich gespeichert worden und man werde der Tatsache, dass die Vermisstenanzeigen allem Anschein nach verschludert wurden, auf den Grund gehen und ihn über die Recherchen auf dem Laufenden halten.

Holzapfel, sagte mir Thon am Telefon, habe sich bedankt und sei gegangen. Am nächsten Morgen um zehn rief er an und fragte, was es Neues in seiner Sache gebe. Im Laufe des Tages meldete er sich dann fünf weitere Male, was Thon schließlich derart aus der Ruhe brachte, dass er Holzapfel beschimpfte und ihm riet, zum Arzt zu gehen. Danach wartete Holzapfel bis kurz vor sieben Uhr abends, ehe er wieder anrief. Thon war schon gegangen und so landete er bei Sonja Feyerabend, die ihm geduldig zuhörte. Wie Thon konnte sie es nicht ausstehen, wenn Leute ihr mit ihrem Gerede die Zeit raubten. Im Gegensatz zu ihm jedoch war sie empfänglich für Stimmen. Gefiel ihr eine Stimme, entwickelte sie enorme Geduld, die in krassem Gegensatz zu ihrer sonstigen Ungeduld gegenüber Menschen stand, die nicht wussten, was sie wollten.

Und Jeremias Holzapfel zählte zu denjenigen, die nicht im Mindesten wussten, was sie wollten.

Das jedenfalls war Sonjas Meinung, als sie mich heute Nacht anrief und mir die Einzelheiten berichtete. Sie fragte mich, ob ich bereit sei, mit dem Mann zu sprechen, und ich sagte Nein.

Natürlich schaffte sie es mich zu überreden. Allerdings stellte ich die Bedingung, dass ich das Dezernat nicht zu betreten brauchte.

Ich hatte Urlaub. Resturlaub. Von insgesamt achtundsiebzig freien Tagen, die sich im Lauf eines Jahres angesammelt hatten, wollte ich einundzwanzig in diesem September nehmen. Und auch wenn ich nicht vorhatte zu verreisen und auch sonst nichts Spezielles oder Wichtiges geplant hatte, kam es für mich nicht in Frage, auch nur einen Fuß in mein Büro zu setzen, noch dazu wegen einer Vermissung, die keine war.

Mit Worten, die sie mir nicht verriet, überzeugte Sonja Jeremias Holzapfel sich mit mir im Hauptbahnhof zu treffen, gegenüber dem Dezernat 11. Der Mann brauchte also nur

über die Straße zu gehen, bevor er noch einmal auf die Idee kam, im vierten Stock zu klingeln.
Dank Sonjas Beschreibung hatte ich ihn schon von weitem erkannt. Er hatte graues struppiges Haar und trug ein hellbraunes, ausgewaschenes Hemd unter einem blassblauen Blouson und Wildlederschuhe ohne Socken. An seinem linken Ohr baumelte ein kleiner goldener Ring. Holzapfel hinkte und wankte ein wenig, auf den ersten Blick hätte man meinen können, er sei angetrunken und habe seit Tagen kein Bett gesehen.
Dann, als er wenige Meter vor mir stand, ohne dass ich ihn schon begrüßt hatte, fielen mir sein seltsamer Blick auf und die Art, wie er den Mund bewegte. Er schob die Kiefer hin und her, rieb die Lippen aufeinander wie manche Frauen, wenn sie neuen Lippenstift aufgetragen haben, und blickte starr in die Ferne, als konzentriere er sich auf einen bestimmten Punkt.
Ich nannte meinen Namen. Er sah mich an, zumindest wandte er mir den Kopf zu, und streckte mir die Hand hin.
»Sie können mir helfen«, sagte er.
Und ich sagte: »Eigentlich habe ich Urlaub.«
»Urlaub sehr gut«, sagte er, und seine Blicke huschten an mir vorbei oder durch mich hindurch oder beides zur gleichen Zeit.

»Meine Frau war damals sogar im Fernsehen wegen mir«, sagte Holzapfel. Er trank seinen dritten Kaffee, alle schwarz, was ich bewunderte, da das Getränk, das an diesem Kiosk vor den Gleisen ausgeschenkt wurde, ungesüßt und milchlos praktisch ungenießbar war. Doch Holzapfel verzog keine Miene. Er leckte sich die Lippen und drehte den Pappbecher in den Händen, als würde er sich genüsslich daran wärmen. Dabei lief ihm der Schweiß noch immer übers Gesicht.
»Woher wissen Sie das?«, fragte ich. Ich trank schwarzen Tee mit Milch, der nach nichts schmeckte, vielleicht nach Pappe.
»Ich hab sie gesehen.«
»Wo haben Sie Ihre Frau gesehen?«
»Im Hotel.«
»In welchem Hotel?«

»Im Hotel Post in Österreich.«
»Wo in Österreich?«
»In Salzburg.«
»Sie fuhren also von München nach Salzburg an diesem Tag ...«
»Am vierzehnten Februar«, sagte er schnell. Wieder starrte er auf etwas hinter mir. Ich drehte mich um. Da war nichts Ungewöhnliches. Leute mit und ohne Koffer eilten durch die Halle, an den Ständen kauften Reisende belegte Semmeln und Getränke, an der Metalltreppe, die zur Balustrade hinaufführte, hatte ein Verkäufer einen langen Tisch mit hunderten von Uhren aufgestellt, zwei Bahnpolizisten gingen mit einem Schäferhund Streife.
Ich folgte Holzapfels Blick, aber es war mir nicht möglich zu erkennen, was ihn faszinierte. Auf mein Umschauen reagierte er nicht. Vielleicht stand er unter Drogen. Auch wenn ich da meine Zweifel hatte. Wie er redete, wie er die Hände hielt, wie er nachdachte, wirkte er nicht abwesend oder unsicher, sein Gesicht war leicht gebräunt, er hatte keine Augenringe und wenn er trank, zitterte seine Hand nicht.
Allerdings schwankte er gelegentlich, wie am Anfang, als er auf mich zugekommen war. Ob dieses sanfte Hin und Her seines Oberkörpers von chemischen Substanzen oder Medikamenten ausgelöst wurde, war allerdings unmöglich zu beurteilen. Und Sonja hatte Recht: Der Klang seiner Stimme war klar und angenehm, manchmal hörte er sich an wie jemand, der eine Sprechausbildung absolviert hatte, selten verhaspelte er sich und wenn er sich korrigieren musste, setzte er in der gleichen Tonlage an wie zuvor. Als achte er darauf, dass ein Techniker den Tonschnitt so unauffällig wie möglich hinbekam.
Herauszufinden, ob der Mann früher beim Rundfunk oder Fernsehen gearbeitet hatte, würde nicht schwierig sein. Viel komplizierter erschien mir die Frage, was er mit seiner Vorstellung bezweckte und wieso er beharrlich damit weitermachte?
Was zu der Frage führte, wieso *ich* mich weiter damit beschäftigte und nicht nach einer halben Stunde zu ihm sagte, er

möge sich ein anderes Publikum für seine Geschichte suchen, rund um den Bahnhof gebe es garantiert eine Menge Zuhörer, die sonst nichts zu tun hätten.

Genau wie ich. Und genau das waren Sonjas Worte gewesen: »Sie haben doch nichts zu tun, hören Sie ihn sich wenigstens mal an!«

Woher wollte sie wissen, dass ich nichts zu tun hatte?

Und bedeutete, nur weil ich nichts tat, dass ich auch nichts zu tun hatte?

Ich war kein Verreiser, meine Form des Urlaubs bestand darin, nicht ins Büro zu gehen, nicht auf die Uhr zu schauen, nicht zu telefonieren, still zu sein. Ich übte Schweigen. War das Nichtstun?

»Meine Frau hat mich als vermisst gemeldet.«

Diesmal sah mir Holzapfel direkt ins Gesicht. Jedenfalls kam es mir so vor.

»Wo ist Ihre Frau jetzt?«, fragte ich.

»Zu Hause.«

»Auf der Theresienhöhe?«

»Wo?«

Jetzt schaute ich ihm direkt ins Gesicht.

»Wohnen Sie nicht Theresienhöhe 6 c?«

»Das ist möglich«, sagte er.

Ich schwieg. Ein älteres Ehepaar stellte sich neben uns, sie mit einem großen Pappbecher voll heißer Milch, er mit einem Kaffee. Auf einem Gepäckkuli hatten sie ihre Koffer gestapelt.

»Hoffentlich hat der Zug nicht Verspätung«, sagte die Frau.

»Der Zug hat immer Verspätung«, sagte der Mann.

»Hoffentlich nicht.«

»Wenn wir den Anschluss verpassen, gibts Ärger«, sagte der Mann.

»Wir haben noch nie einen Anschluss verpasst«, sagte die Frau.

»Weil ich immer schon vorher Ärger gemacht habe.«

Als sie losgingen, hakte sich die Frau bei ihrem Mann unter und er schob den Kuli zum Gleis. Sein Gang war aufrecht und entschlossen.

»Sie hat eine Anzeige aufgegeben«, sagte Jeremias Holzapfel wieder.

»Ja«, sagte ich. Wir drehten uns im Kreis. Oder wir drangen immer tiefer in den Tunnel ein, in den uns dieser Mann seit seinem ersten Auftauchen hineinzog.

»Und ich bin gekommen, um zu sagen, dass man mich nicht länger suchen muss. Können Sie das veranlassen, Herr Süden? Es ist mir ... Ich möchte, dass die Dinge geregelt sind und die Polizei nicht nötiger ... und die Polizei nicht unnötig Aufwand mit meiner Person hat. Ich bin hier, und die Sache ist damit erledigt.«

»Wo waren Sie vier Jahre lang?«

Darüber hatte er noch kein Wort verloren. Sowohl Thon als auch Weber und Sonja hatten ihn danach gefragt und er hatte ihnen keine Antwort gegeben. Sonja sagte mir am Telefon, es sei gewesen, als habe er die Frage überhört oder nicht verstanden.

»Jetzt bin ich wieder da«, sagte er.

»Wo waren Sie?« Ich warf meinen Becher in den Abfalleimer und krempelte die Ärmel meines weißen Hemdes runter. Dann strich ich mir die Haare aus dem Gesicht und legte die Hand auf meinen Bauch. Ich hatte Hunger. Und ich hatte das Bedürfnis allein zu essen.

»Ich möchte dabei sein, wenn Sie meine Akte vernichten«, sagte er.

»Warum?«

»Bitte?«

Endlich schien er direkt auf eine Frage zu reagieren.

»Warum wollen Sie dabei sein, wenn ich Ihre Akte vernichte?«

»Ich möchte nicht, dass meine Angehörigen weiterhin Schwierigkeiten wegen mir kriegen.«

»Haben Sie Kinder?«

»Ich habe sie lange allein gelassen, bin ihnen ... Ich konnte ihnen bei meiner Abreise keine Erklärung geben, das war nicht möglich ...«

»Warum war das nicht möglich?«

»Ich hab mir von einem Streifenbeamten den Weg zur Vermisstenstelle erklären lassen.«

Ich kam nicht näher an ihn heran.

»Ich werde Sie jetzt hier stehen lassen«, sagte ich. »Und ich bitte Sie, meine Kollegen nicht mehr zu belästigen. Wir haben Ihnen zugehört, Sie haben uns Ihre Geschichte erzählt, wir haben Ihnen erklärt, dass es keine Vermisstenakte über Sie gibt, wir sind nicht zuständig für Sie. Gehen Sie nach Hause, sprechen Sie mit Ihrer Frau, schlafen Sie sich aus, vielleicht sind Sie übermüdet, ich kenne Sie nicht, Herr Holzapfel.«

»Bitte?«, sagte er.

»Bitte?«, sagte ich.

»Sie haben Herr Holzapfel zu mir gesagt.«

»Ja.«

»Ich heiße nicht Holzapfel.«

Für einen Moment dachte ich, da war einer auf Rache aus, da wollte jemand der Polizei etwas heimzahlen und es war ihm gelungen, eine ganze Abteilung drei Tage lang in Atem zu halten.

Doch dann tat er etwas, das mich schlagartig von diesem Verdacht abbrachte.

Er drehte sich um und rannte davon. Er ging nicht, er rannte. Quer durch die Halle, vorbei am Informationsschalter, am Uhrenverkäufer unter der Metalltreppe, am Zeitungsladen. Er lief zickzack zwischen den Leuten hindurch, die aus dem Untergeschoß von den U-und S-Bahnen heraufkamen, und weiter in Richtung der Taxis, die vor dem Nordeingang warteten.

Ohne nachzudenken stürzte ich hinter ihm her.

Nach zwanzig Metern war ich außer Atem. Als ich die Halle verließ, sah ich das blassblaue Blouson hinter dem Rückgebäude eines Gasthauses verschwinden.

Aus unerfindlichen Gründen folgte ich dem Mann, keuchend und hustend und im Wissen, dass ich als Beschatter nicht viel taugte. Schon als junger Kommissar hatte ich bei solchen Aktionen ständig das mulmige Gefühl gehabt, mehr beobachtet zu werden als selbst zu beobachten. Vor allem bei Observationen mit dem Auto kam ich mir unbeholfen und dilettantisch vor.

Freilich schien die Verfolgung von Jeremias Holzapfel – oder wie immer er heißen mochte – keine besonderen Vorsichts-

maßnahmen zu erfordern. Etwa dreihundert Meter vor mir hastete er dahin, sah nicht nach rechts und links, wich niemandem aus und bog schließlich gegenüber der »Pension Asta« von der Hirtenstraße nach links ab.
Es war das erste Mal, dass ich mit meinen alten Turnschuhen tatsächlich rannte.

Durch die Paul-Heyse-Unterführung gelangten wir zur Bayerstraße. Nachdem er sie überquert hatte, blieb Holzapfel abrupt stehen, sah hinüber zum Pressehaus und schwankte sekundenlang mit dem Oberkörper hin und her. Er hatte die Hände in die Hosentaschen gesteckt und schien über etwas nachzudenken.
Ebenso ruckartig, wie er stehen geblieben war, setzte er seinen Weg fort.
An der nächsten Ampel wartete er auf Grün, ging dann auf die andere Seite und von dort die Schwanthalerstraße hinauf zur Theresienhöhe. Wieder schien er niemanden und nichts wahrzunehmen, behielt sein Tempo die ganze Zeit gleichmäßig bei, und ich hatte Mühe an ihm dranzubleiben. Mein Hemd war schweißverklebt, und ich fing an mich zu fragen, ob ich verrückt geworden sei. Was wollte ich von dem Mann? Wieso hatte ich mich auf das Gespräch im Bahnhof eingelassen? Hing mein Verhalten mit Sonja Feyerabend zusammen? Wollte ich ihr einen Gefallen tun, weil die heimliche Zuneigung, die ich für sie empfand, weniger heimlich werden sollte?
Ich blieb stehen. Ich war doch nicht wegen meiner Kollegin hier! Wenn sie davon erfahren würde, würde sie mich auslachen, und mein Vorgesetzter Thon würde sich wieder einmal in seiner Meinung bestätigt sehen, ich sei ein absolut unberechenbares, stures und verwirrtes Mitglied seiner Abteilung, für Teamarbeit im Grunde unbrauchbar.
Weit vor mir näherte sich Holzapfel dem Karstadt-Gebäude, und sein Ziel war eindeutig: Das Kaufhaus befand sich in den unteren Etagen des Hochhauskomplexes, in dem er wohnte. Warum sollte ich ihm also weiter hinterherrennen?
Warum?

Warum rannte ich ihm weiter hinterher? Ich beeilte mich sogar. Vielleicht hatte ich einen Sonnenstich. Vielleicht hatte ich gerade einen Anfall von kindischer Abenteuerlust, die, so lächerlich sie für einen Mann von vierundvierzig Jahren auch sein mochte, nur zu überwinden war, indem ich ihr nachgab, egal was passierte. Wenn mein Schatten ein Eigenleben hätte, würde er sich an den Kopf greifen und nach einem anderen Körper, der ihn werfen könnte, Ausschau halten.
Beim Einbiegen in die Schießstättstraße, die an der Westseite des Kaufhauses vorbeiführt, begriff ich, dass ich Holzapfel verloren hatte. Vermutlich war er in seine Wohnung zurückgekehrt, trank Tee und beruhigte sich wieder.
Trotzdem kontrollierte ich das Klingelschild von Nummer 6 c, das pro Stockwerk sechs und im dreizehnten Stock zwei Namen aufwies. Auf einem der weißen Schildchen im achten Stock stand in schwarzen Buchstaben: »Holzapfel«.
Also waren die Eintragungen beim Einwohnermeldeamt, die meine Kollegen überprüft hatten, richtig. Was immer den Mann bewogen hatte uns aufzusuchen, es spielte keine Rolle mehr.
Ich beschloss im Karstadt-Restaurant etwas zu essen.
Warum ich nichts bemerkte, ist mir bis heute ein Rätsel.

2

Am Abend wartete ich bis zehn Uhr auf Martin Heuer, dann trank ich mein Bier aus, bezahlte und ging.
Wir waren in einem vietnamesischen Lokal nicht weit von seiner Wohnung entfernt verabredet gewesen, und ich hatte vier Stunden auf ihn gewartet. Dazusitzen, zu schauen und für mich zu sein inmitten redender, essender, flirtender Gäste war ein wachsendes Vergnügen, das nur zum Teil daher rührte, dass ich andere beobachtete und mich an ihren kleinen Tricks und Marotten erfreute. Was mich, je länger ich allein in einem Gasthaus saß, geradezu ermunterte noch etwas zu bestellen, war die Gewissheit, hinterher niemandes Anhang zu sein und niemanden in ein fremdes Zimmer begleiten zu müssen. Wie der Dichter sagt, hatte ich die Freiheit aufzubrechen, wohin ich wollte.
Allerdings ärgerte ich mich maßlos, wenn mich jemand wohin bestellte und dann nicht auftauchte. Dabei spielte es keine Rolle, ob ich denjenigen kaum kannte oder ob es sich um meinen besten Freund handelte.
»Heuer. Eine Nachricht wäre nett.« Zweimal hatte ich auf seinen Anrufbeantworter gesprochen, als wüsste ich nicht, dass ich ebenso gut an eine Wand hätte hinreden können. Wenn Martin in der Stadt gewesen wäre, hätte er sich längst gemeldet.
Wegen der Fahndung nach einem jugendlichen Geschwisterpaar hatte er nach Berlin fliegen müssen, dem Mekka aller jungen Ausreißer, und nach zwei Tagen Suche mit den dortigen Kollegen sollte er heute Abend mit dem Flugzeug zurückkommen.
Aber er kam nicht. Also bestellte ich die übliche Suppe, das übliche Hühnergericht, die üblichen Biere, wünschte heimlich einem streitenden Paar eine schnelle Trennung und hörte mir am Nebentisch eine Abhandlung über das Golfspielen an, die die Partnerin des Monologisierenden souverän ertrug, indem sie regelmäßig lächelte und nickte und ihm allen Ernstes die Hand streichelte, wenn er sie ihr gestenreich entgegenstreckte. Das Lokal war klein, und die Tische

waren eng gestellt, so dass ich dem Gebrüll einer Frau hinter mir zuhören musste, die ihrem Begleiter ununterbrochen vorwarf, er sei ein Schwein und Lügner und Lügner und Schwein. Sofort wünschte ich, Bärbel Schäfer käme herein und böte den beiden einen Exklusivauftritt in ihrer Talkshow an.
Später atmete ich vor der Tür die Stille ein. Die vorbeifahrenden Autos, Linienbusse und Straßenbahnen hörte ich nicht. Ich streckte die Arme in die Höhe und schloss die Augen. Sekunden grandioser Unabhängigkeit. Auch wenn ich froh war, dass niemand mich fragte, wovon oder von wem ich eigentlich unabhängig sei.
Eine gewisse Menge Bier versetzte mich manchmal in einen Zustand innerer Überlegenheit, die unser Polizeipsychologe vermutlich als destruktive Aggression definiert hätte, auf die ich mir nichts, aber auch gar nichts einzubilden bräuchte.
Der Nachteil von zu langem Alleinsitzen in überfüllten Gasthäusern war, dass mich auf dem Heimweg Stimmen überfielen, die durch meinen Kopf rasten wie von der Leine gelassene Hunde. Dann machte ich Umwege, weil ich ahnte, ich würde im Bett nicht einschlafen können.
Da Martin in Neuhausen wohnt und ich in Giesing, musste ich quer durch die Stadt. Ich benutzte zuerst den Bus, dann die Tram, stieg aber bereits am Mariahilfplatz aus und ging zu Fuß den Nockherberg hinauf. Es war eine laue Nacht und in den Biergärten saßen immer noch Gäste.

»Guten Abend, Herr Süden!«
Fast wäre ich über die Stimme im Dunkeln erschrocken.
»Frau Schuster!«, sagte ich.
Die alte Frau, die im selben Haus wie ich wohnt, kam mir im Innenhof mit einer Gießkanne entgegen.
»Ich hab Sie schon gesucht«, sagte sie. Sie hatte eine Strickjacke über ihrem braunen Kleid an und Filzpantoffeln an den nackten Füßen.
»Hier bin ich«, sagte ich.
»Sie haben Besuch gehabt, Herr Süden. Ein Mann.«

»Ein dünner Mann mit struppigem Haar, in meinem Alter?«
»Ich hab ihn nicht gefragt, wie alt er ist.« Sie stellte die Kanne ab und blickte zum Himmel.
Ich schaute ebenfalls hinauf. Nach einer Weile bemerkte sie es.
»Manchmal sind Sie sehr kindisch, Herr Süden«, sagte sie.
Ich sagte: »Ich sehe mir auch gern Sterne an.«
Elsa Schuster legte die Hand in den Nacken. »Ich guck mir doch keine Sterne an! Wissen Sie nicht, dass einige von denen schon längst erloschen sind, aber das Licht bloß so lange braucht bis zu uns?«
»Na und?«
»Na und? Was soll ich da extra hinschauen, wenn das alles bloß Bluff ist!«
»Das ist doch kein Bluff!«, sagte ich. »Das sind physikalische Gesetze, die ...«
»Ja, ja«, sagte sie und klopfte mit der flachen Hand auf ihren Nacken. »Ist mir egal, ich bin verspannt. Ich war den ganzen Abend bei Frau Gerber, die hat ein Sofa, das ist so durchgesessen, da sitzen Sie praktisch auf dem Teppich. Ich musste ›Scrabble‹ mit ihr spielen, stundenlang, sie gewinnt dauernd. Na ja ... Ich hab ihre Blumen gegossen, die Frau Gerber sitzt ja im Rollstuhl zur Zeit, Sie wissen doch, wegen dem Fahrradunfall ...«
»Wie gehts ihr?«
»Besser als sie tut«, sagte Frau Schuster, warf einen Blick zum Wohnblock auf der anderen Seite der Wiese und senkte die Stimme. »Sie lässt sich verwöhnen, sie hat das gut raus, sie denkt, wir merken das nicht. Na ja ... Ich hab jedenfalls zu ihr hochschauen müssen, stundenlang, ich glaub, ich nehm jetzt erst mal ein Entspannungsbad.«
»Gute Idee«, sagte ich.
Ich holte den Schlüssel aus der Tasche.
»Der Mann war nicht dünn«, sagte Frau Schuster. »Aber so genau gesehen hab ich ihn nicht, ich war ja drüben bei Frau Gerber. Ich stand am Fenster, da hab ich ihn hier an der Tür gesehen.«

»Und woher wissen Sie, dass er zu mir wollte?«
Ich hielt ihr die Haustür auf, und sie ging hinein.
»Das hat mir Frau Rinser gesagt, die ist nämlich grad rausgegangen, als der Mann da stand, und sie hat ihn gefragt, und er hat gesagt, er wollt nur sehen, ob ein gewisser Herr Süden hier wohnt ...«
»Hat er seinen Namen genannt?«
»Das weiß ich nicht, ich hab Frau Rinser nicht gefragt.« Elsa Schuster sperrte ihre Wohnungstür im Parterre auf. »Gute Nacht!«, sagte ich. »Und gute Besserung!«
»Na ja, so schlimm ist es auch wieder nicht. Ich setz mich schon nicht gleich in einen Rollstuhl deswegen.«
Zum Gruß hob sie die grüne Plastikkanne hoch. »Nacht, Herr Süden. Ach ja ... Gibts eigentlich keine Friedhofspolizei? Andauernd klaut mir jemand meine Gießkannen, ich hab mir die jetzt von Frau Gerber geliehen ...«
»Auf dem Friedhof können Sie doch welche ausleihen«, sagte ich.
»Da sieht man, dass Sie nie hingehen«, sagte sie. »Dort kriegen Sie keine! Die sind ständig weg. Und die Leute bringen sie nie zurück, die lassen die einfach stehen. Oder sie nehmen sie mit nach Hause. Können Ihre Kollegen da nicht mal auf Streife gehen?«
»Auf dem Friedhof?«
»Warum denn nicht? Die laufen ja sonst auch überall rum!«
»Gute Nacht, Frau Schuster.«
»Manchmal denk ich ja, Sie sind gar kein richtiger Polizist, Herr Süden.«
»Was soll ich sonst sein?«
»Na ja ... Es gibt doch so Männer, die gehen morgens aus dem Haus und die Frau denkt, die gehen zur Arbeit. Aber die gehen nicht zur Arbeit, die tun nur so.«
»Sie meinen, ich bin ein Simulant? Ein Polizistensimulant?«
»Nein«, sagte sie und zog die Schultern hoch. »Sie sind schon echt. Bloß eben kein Polizist ...«
»Ich bin Polizist, Frau Schuster, das wissen Sie doch! Soll ich Ihnen meinen Ausweis zeigen?«
»Ausweis zeigen!«, sagte sie und rieb sich am Hinterkopf.

»Natürlich weiß ich, dass Sie ein Polizist sind, ich sag nur, manchmal denk ich eben, Sie sind ein ziemlich eigenartiger Polizist ...«
»Wäre es Ihnen lieber, wenn ich eine Uniform anhätte?«
»Das fehlte noch! Ein Mann in einer grünen Uniform hier im Haus! Vielen Dank! Und jetzt gut Nacht.«
Mit einer kurzen Kopfbewegung, die vielleicht mir galt oder nur ein Reflex ihrer Nackenschmerzen war, schloss sie die Wohnungstür.
Im ersten Stock klingelte ich. Ich wusste nicht, wie spät es war, weil ich keine Uhr hatte, aber ich bildete mir ein, in der Wohnung noch Stimmen zu hören.
Eine Frau, die etwas jünger war als Frau Schuster, öffnete.
»Entschuldigung«, sagte ich.
»Sie sinds!«
»Hoffentlich störe ich nicht, Frau Rinser.«
Sie machte die Tür weiter auf. In ihrem roten Kimono, der ihre zerbrechlich wirkende Figur betonte, und mit den hochgesteckten Haaren und den dezent aufgetragenen Lidschatten bildete sie einen schönen Gegensatz zu meiner bauchlastigen, langhaarigen Gestalt.
»Möchten Sie einen grünen Tee?«, fragte sie.
»Nein. Jemand hat nach mir gefragt, sagt Frau Schuster.«
»Ein Mann. Er wollte wissen, ob Sie hier wohnen. Was hätt ich lügen sollen, er hat Ihren Namen an der Tür gelesen.«
»Wissen Sie seinen Namen?«
»Bevor ich danach fragen konnte, war er wieder weg. Er hatte eine blaue Jacke an und seine Haare ...« Sie betrachtete meinen Kopf und schien sich sogleich für diesen Blick zu genieren. »Die waren ... ungekämmt, also ... Und er hatte einen Ohrring.«
»Danke, Frau Rinser«, sagte ich.
»Kennen Sie den Mann?«
»Vermutlich.«
»Also keinen Tee?«
Gerade als ich mich umdrehte, um in den dritten Stock zu meiner Wohnung hinaufzugehen, tauchte der Kopf eines Mannes hinter Frau Rinser auf. Hastig schloss sie die Tür. Wer sollte

der Besucher, von dem die Frauen erzählten, gewesen sein, wenn nicht Jeremias Holzapfel? Aber woher wusste er, wo ich wohnte? Über die Telefonauskunft war meine Adresse nicht zu erfahren. Genauso wenig über das Dezernat.
Was wollte er von mir? Seine Geschichte noch einmal erzählen?
Sollte er morgen wieder auftauchen, wäre ich gezwungen etwas zu unternehmen. Im schlimmsten Fall müssten meine Kollegen ihn zur Untersuchung in eine psychiatrische Klinik bringen.
Ich wollte jetzt nicht weiter an ihn denken.
Auf meinem Anrufbeantworter war eine Nachricht von Martin Heuer. Er sagte, er komme erst morgen früh aus Berlin zurück und wolle sich mit mir zum Frühstück treffen. Es beruhigte mich, dass er sich gemeldet hatte. Ich hatte Angst gehabt, er könnte wieder zu lange in den falschen Gegenden unterwegs gewesen sein und nicht mehr herausgefunden haben.
Ausnahmsweise war ich froh über meinen Anrufbeantworter. Den hatten mir meine Kollegen in diesem Jahr zum Geburtstag geschenkt, weil sie der Meinung waren, ohne ein solches Gerät sei man nicht kommunikationsfähig. Ich teile diese Auffassung nicht im geringsten. Unweigerlich fürchtete ich, sie würden mir zum nächsten Geburtstag ein Handy schenken. Außer Martin war ich der einzige Polizist im Dezernat 11, der noch keines besaß. Ich fand, ich war erreichbar genug.

»Wieso bist du erst heute gekommen?«, fragte ich.
Er sagte: »Ich hab das Flugzeug verpasst.«
Weiter brauchte er mir nichts zu erklären, ich sah ihm an, warum er das Flugzeug verpasst hatte. Seine Tränensäcke waren dick und grau, seine Knollennase schien bläuliche Risse zu haben, und das Nest seiner spärlichen Haare klebte ihm schweißnass auf dem Kopf. Sein Gesicht wirkte ausgebleicht und alt. Dabei war er ein Jahr jünger als ich.
Wenn meine Nachbarin Frau Schuster von ihm sagen würde, er wirke nicht wie ein Polizist, dann würde ich ihr zustimmen.

Es fiel Martin schwer, die Augen offen zu halten, und wenn er es schaffte, mich länger als fünf Sekunden anzusehen, klappten seine Lider automatisch nach unten. Er bemühte sich, weniger zu rauchen, aber seine Hand lag ständig auf der grünen Salem-Schachtel.

Eine Zeit lang saßen wir da und schwiegen. Wir hatten uns dort verabredet, wo wir uns immer trafen, wenn er oder ich oder wir beide auf dem Weg zur Arbeit waren oder vom Dezernat kamen: im Bistro des Hauptbahnhofs. Es ist ein Durchgangslokal mit einer Küche in der Mitte und einem Tresen drum herum, ein Aufenthaltsort für Leute, die mehr oder weniger im Bahnhof wohnen, und solche, die unterwegs sind und keine Zeit haben, ein anderes, gemütlicheres, weniger verrauchtes Restaurant zu suchen.

Ich hatte Kaffee und Wasser bestellt, Martin einen schwarzen Tee mit Milch.

»Und wo ist der Junge jetzt?«, fragte ich, bevor Martin womöglich einschlief.

Nach der Landung hatte er am Flughafen ein Taxi genommen, in seiner Wohnung die Reisetasche abgestellt, um dann mit demselben Taxi zum Bahnhof zu fahren. Es war ihm egal, wie er aussah und ob seine Kleidung schlecht roch. Zuerst wollte er »frühstücken«, wie er sich ausdrückte, dann in aller Kürze seinen Bericht tippen und sich anschließend hinlegen und erst morgen früh wieder aufstehen.

Leider kannte ich ihn zu gut um zu wissen, dass er nach der Arbeit nicht nach Hause, sondern zu Lilo gehen würde, einer sechsundfünfzigjährigen Prostituierten, die er in gewisser Weise liebte und die ihn in gewisser Weise liebte.

»Der Junge ist bei seinen Eltern«, sagte Martin und steckte sich eine Zigarette an. Seit mindestens zehn Minuten hatte er nicht geraucht. »Sie geben ihm Hausarrest, das Übliche. Seine Schwester wird sich irgendwo am Alexanderplatz rumtreiben, wie gesagt, sie war schneller als wir …«

Er sog den Rauch ein, betrachtete seine leere Teetasse und wollte gerade der Bedienung winken, als er stutzte. Er sah in eine bestimmte Richtung und schüttelte schnell den Kopf, bevor ich reagieren konnte. Also wartete ich ab ohne mich umzudrehen.

Wir saßen am Tresen in der Mitte des Bistros, und weil Martin sich schräg auf den Hocker gesetzt hatte, konnte er sehen, was hinter meinem Rücken passierte.

»Da sitzt ein Kerl, der beobachtet uns«, sagte er leise. »Er ist vor ungefähr einer halben Stunde reingekommen, wahrscheinlich hatten wir mal was mit ihm zu tun, ich kann mich nicht an ihn erinnern, er aber an uns, scheint mir … «

»Hat er ein hellblaues Blouson an?«, fragte ich. Und hoffte, Martin würde Nein sagen.

»Ja«, sagte er.

»Dann hör zu!« Ich erzählte ihm die Sache mit Jeremias Holzapfel und beschrieb den Mann.

»Das ist er«, sagte Martin.

»Er muss mir gefolgt sein und ich habe es nicht gemerkt.«

»Das wundert mich nicht«, sagte er. »Sollen wir die Kollegen rufen?«

Nebenan befand sich die Direktion der Bahnpolizei.

»Nein«, sagte ich.

Ich stand auf und ging zu Holzapfel.

»Hören Sie auf mich zu verfolgen«, sagte ich.

Der Mann sah mindestens so müde aus wie Martin, er trug dieselben Sachen wie am Vortag, und sein struppiges Haar stand ihm vom Kopf ab.

»Verzeihen Sie«, sagte er mit müder Stimme.

»Was wollen Sie von mir?«, fragte ich.

»Ich bin wieder da.«

»Kann ich Ihren Ausweis sehen, ich bin Polizist.« Martin Heuer war ebenfalls an den Tisch gekommen.

Mechanisch griff Holzapfel in die Innentasche seines Blousons und holte seinen roten, in einer Plastikfolie steckenden Pass hervor. Martin blätterte darin und gab ihn zurück.

»Haben Sie eine Waffe?«, fragte er.

»Nein.« Unaufgefordert öffnete Holzapfel den Reißverschluss des Blousons und hielt es mit beiden Händen auf. »Sorry, Cops.«

Susi, die Bedienung, stellte ein kleines Glas Mineralwasser auf den Tisch.
»Noch einen Wunsch?«
Holzapfel schüttelte den Kopf. Susi warf uns einen Blick zu und ging zum nächsten Gast.
»Wenn Sie nicht aufhören, meinen Kollegen zu belästigen, müssen wir Sie festnehmen«, sagte Martin.
»Ich belästige den Süden ... den Herrn ...« Holzapfel räusperte sich und begann in der gleichen Tonlage den Satz von vorn. »Ich belästige den Herrn Süden nicht, ich möchte, dass er zur Kenntnis nimmt: Ich bin wieder da.«
»Das wissen wir«, sagte Martin.
»Ja«, sagte Holzapfel. »Aber Sie wissen es nicht.«
Martin kratzte sich am Kopf und schaute auf die Uhr.
»Ich mache Ihnen einen Vorschlag«, sagte ich. »Warten Sie hier auf mich, ich bin in einer Stunde zurück, dann reden wir miteinander, zum letzten Mal. Einverstanden?«
»Ich bin da«, sagte Holzapfel.
Während ich meine und Martins Zeche bezahlte, sagte ich zu Susi: »Pass auf ihn auf! Wenn er gehen will, sag ihm, er soll dableiben. Bring ihm was zu trinken, auch was zu essen! Ich bezahl alles.«
Sie nickte. Vermutlich dachte sie ähnlich über uns wie meine Nachbarin: dass heutzutage merkwürdige Männer bei der Polizei arbeiteten.

Erleichtert darüber, keinen Mord begangen zu haben, klingelte ich an der Haustür. Im Abstand von dreißig Sekunden klingelte ich siebenmal, da ich in der Sprechanlage ein Knacken gehört hatte. Jemand hatte den Hörer abgenommen, aber nichts gesagt.
»Kriminalpolizei, Tabor Süden!«
Keine Antwort.
Obwohl ich mir beim Gehen Zeit gelassen hatte, dröhnte noch immer die Stimme des Taxifahrers, den ich im letzten Moment doch nicht erwürgt hatte, in meinem Kopf. »Die verdammten Araber ... die vom Balkan ... Sicherheitsrisiko ... nehm ich von Haus aus nicht mit ... vermummtes Pack, feiges ...«

Manchmal bereue ich meine Gewohnheit, mit dem Taxi zu fahren anstatt mit dem Dienstwagen. Aus dubiosen Gründen bilde ich mir immer wieder ein, es sei entspannender, einfach auf der Rückbank zu sitzen, die Stadt vorbeiziehen zu lassen und mich auf den aktuellen Fall zu konzentrieren. Und so geriet ich wieder an eines dieser Minushirne, die manche Taxiunternehmer offenbar bevorzugt einstellen.
»Die Wahrheit ist ... In Wirklichkeit sind diese Typen ... Das weiß doch jedes Kind ... Ich verrat Ihnen was ...«
Endlich summte es und ich stieß die Tür mit dem großen weißen »6c«-Symbol auf. Hinter mir hörte ich aus der Sprechanlage eine Stimme: »Hallohallo!«
An gerahmten Alltagsfotos hinter Glas entlang ging ich die Treppe in den achten Stock hinauf.
An einer Tür fand ich den Namen, den ich gesucht hatte. Ich klingelte. Mit dem Ohr an der Tür horchte ich. Schritte. Dann klopfte ich mit der Faust gegen die Tür.
»Kriminalpolizei. Mein Name ist Tabor Süden. Ich bin wegen einer Befragung hier. Dauert nur ein paar Minuten.«
Stille. Eine Tür am Ende des Flurs ging auf und ein Mann in einem weißen Unterhemd und einer frisch gebügelten Hose trat heraus.
»Was ist?«, fragte er schnittig.
»Polizei«, sagte ich. »Kennen Sie die Mieter in dieser Wohnung?«
»Ausweis!«, sagte der Mann.
Ich klopfte wieder, ohne mich weiter um ihn zu kümmern. Der Mann verschwand, ließ die Tür aber offen.
»Bitte machen Sie auf!«, rief ich. »Ich muss mit Ihnen über Herrn Holzapfel sprechen.«
Wieder waren leise Schritte zu hören. Und dann ein anderes Geräusch. Ich drehte den Kopf.
Der Mann im Unterhemd hielt eine Pistole in der einen und ein Plastikteil in der anderen Hand. Ich sah genauer hin: ein Dienstausweis der Grünen, meiner uniformierten Kollegen.
»Und jetzt obacht! Ausweis, aber schnell!«, blaffte der Mann.

Vorsichtig zog ich meinen blauen Ausweis aus der Lederjacke.
»Können Sie ihn erkennen?«, fragte ich.
Der Mann machte einen Schritt auf mich zu. Die Waffe hatte er entsichert, er hielt sie auf mein Gesicht gerichtet. Mein Taxifahrer von vorhin wäre sehr zufrieden mit ihm gewesen.
»Alles klar, Kollege«, sagte der Mann. Irgendwie enttäuscht ließ er den Arm sinken. »Hier tauchen öfter üble Typen auf. Sie kennen ja die Gegend, Westend, ein Haufen Gschwerl ...«
»Kennen Sie den Herrn Holzapfel?«, fragte ich.
»Nö. Da wohnt eine Frau, glaub ich. Junge Frau, glaub ich. Sollen wir reingehen?«
»Wie meinen Sie das?«
»Die Tür öffnen, mein ich, reingehen.«
»Nein«, sagte ich und klingelte nochmals.
Der Kollege mit der Pistole schmatzte und kam noch einen Schritt näher.
Hinter der Tür klirrte ein Schlüsselbund. Jemand sperrte auf. Die Tür wurde einen Spalt breit geöffnet. Ich sah die Hälfte eines Frauengesichts.
»Grüß Gott, ich bin Tabor Süden.« Ich hielt meinen Ausweis hoch. »Darf ich einen Moment reinkommen, es ist wichtig.«
»Warum?«, fragte die Frau. Ihre Stimme klang jugendlich.
»Das möchte ich mit Ihnen allein besprechen.«
»Ich bin allein«, sagte sie.
Ich sagte: »Aber ich nicht.«
Sie streckte den Kopf heraus.
»Oje«, sagte sie.
Sie machte die Tür weiter auf und ließ mich eintreten. Hinter mir sperrte sie sofort wieder ab.
»Wie heißen Sie?«, fragte ich.
»Silvia Bast.«
»An der Tür steht Holzapfel.«
»Ja«, sagte sie. »Der Makler wollte das so.«

3

Ein Holzbett, eine weiße Couch, ein Glastisch vor dem Fenster, darauf Bücher, Papiere und eine gelbe Rose in einer schmalen Vase, auf dem Boden ein Stapel Zeitungen: ein Ein-Zimmer-Appartement ohne besondere Merkmale.
»Ich studier Betriebswirtschaft«, sagte Silvia.
Die Balkontür stand offen und wir hörten den Lärm von der Theresienwiese, wo die letzten Aufbauten für das Oktoberfest vonstatten gingen, das in drei Wochen beginnen sollte.
»Wollen Sie einen Tee?«, fragte Silvia.
»Nein«, sagte ich.
Sie trank einen Schluck Wasser aus der Flasche.
»Ich kenn den Herrn Holzapfel überhaupt nicht«, sagte sie. »Eine Kommilitonin hat mir den Tipp mit dem Zimmer gegeben, ich hab dann angerufen, und die haben mich echt genommen.«
»Wer hat Sie genommen?«
»Der Makler.«
»Erinnern Sie sich an seinen Namen?«
Sie ging zu einem Holzschrank, der aussah, als wäre er vom selben Schreiner hergestellt worden wie das Bett, und durchsuchte mehrere Fächer voller Papiere.
»Hier!«, rief sie und zog eine dünne Mappe heraus. Sie blätterte darin. »Bernhard Schulze, so heißt der Makler. Ich wohn jetzt fast ein Jahr hier und ich hab seitdem nichts mehr von ihm gehört. Und von ihr auch nicht, der Frau Holzapfel. Aber ihn kenn ich nicht, den Herrn Holzapfel. Ich überweis die Miete jeden Monat ...«
»Verdienen Sie so viel als Studentin?«
Misstrauisch sah sie mich an.
»Sind Sie von der Steuerfahndung?«, fragte sie.
»Warum haben Sie mir nicht aufgemacht?«, fragte ich.
Sie sagte schnell: »Hab ich doch.«
Ich drehte mich um und ging auf den Balkon hinaus. Unten, auf dem großen Platz mit den hunderten von Buden und Fahrbetrieben und dem Riesenrad, rangierten Lastwagen, montierten Arbeiter neue Schilder, trugen dunkelhäutige Männer unauf-

hörlich lange Tische und Bänke in die Bierzelte. Wer in dieser Gegend wohnte, bekam zwei Wochen im Jahr Gaudi brutal geboten. Auch meine Kollegen im Dezernat 11 gehen regelmäßig an einem Nachmittag auf die Wiesn, im Schützenzelt haben sie eine eigene Box und das Präsidium spendiert uns Hendl- und Biermarken. Martin und ich sind die Einzigen, die sich weigern mitzugehen, wir betrinken uns lieber in Ruhe.
Auf dem Balkon stand ein Liegestuhl, und ich setzte mich.
Silvia war nach draußen gekommen. »Wollen Sie nicht doch was trinken? Sie sehen irgendwie ... fertig aus.«
»Ich bin nicht fertig«, sagte ich. »Ich hab Urlaub. Ich nehm ein Glas Wasser.«
Sie goss mir ein Halbliterglas voll.
»Bleiben Sie während des Oktoberfestes hier?«, fragte ich.
»Ja«, sagte sie. »Ich seh gern zu. Ist doch ein guter Platz hier. Ich bin auf dem Land aufgewachsen, ich genieß es, in der Stadt zu sein, wo was los ist.«
Ich trank. Sie wich meinem Blick aus. Die Mappe mit den Mietunterlagen hatte sie wieder in die Hand genommen. Ohne zu lesen, blätterte sie darin, es schien, als wollte sie etwas sagen, traute sich aber nicht.
»Mich geht das nichts an, mit welchem Geld Sie Ihre Miete bezahlen«, sagte ich.
»Sie schauen aber so aus, als würd Sie das was angehen.« Wir schwiegen.
Ich streckte die Hand aus, und sie reichte mir die Mappe. Ich merkte mir die Adresse von Bernhard Schulze, die einer gewissen Clarissa Holzapfel tauchte nirgends auf.
»Wo haben Sie den Vertrag unterschrieben?«, fragte ich.
»Hier in der Wohnung.«
»War außer Herrn Schulze noch jemand dabei?«
»Ja, Frau Holzapfel.«
Ich gab ihr die Mappe zurück und stand auf. In meinem Bauch brodelte die Leere.
Silvia hatte die Geräusche auch gehört. »Möchten Sie eine Scheibe Brot?«
»Nein«, sagte ich. »Warum wollte der Makler, dass an der Tür der Name Holzapfel steht?«

»Wegen ...« Sie zögerte.
»Wegen der Steuer?«, fragte ich.
»Ja«, sagte sie erleichtert. »Der Makler hat gesagt, der Name muss dranbleiben. Mir ist das egal, ich schreib ›c/o‹ auf meine Post. Ich wollt nichts sagen, ich wollt unbedingt die Wohnung. Ich hab zwei Jahre lang gesucht, und die meisten Zimmer, die ich besichtigt hab, waren extrem teurer als das hier.«
»Was zahlen Sie?«
»Vierhundert.«
»Das ist extrem billig«, sagte ich. »Vierhundert Mark! Da haben Sie aber Glück gehabt!«
»Wir haben inzwischen Euro, Herr ...«
»Süden«, sagte ich.
Das hatte ich wieder einmal vergessen gehabt. Statt der Zahl fünftausend stand neuerdings die Zahl zweitausendfünfhundert auf meiner Gehaltsabrechnung.
»Sie jobben nebenher«, sagte ich.
Sofort verfinsterte sich ihr Blick.
»Ich weiß nicht«, begann sie. Meine Anwesenheit schien sie langsam in Rage zu versetzen. »Ich weiß nicht ... Ich hätt Sie nicht reinlassen müssen, ich mach sonst nie auf, wenns klingelt, die Typen können mich mal, vor allem der Wichtigtuer von nebenan, Ihr Kollege ... Ich hab das vorhin nicht verstanden mit dem Holzapfel, der war verschwunden und jetzt ist er wieder da? Und was wollen Sie dann noch? Ich hab Ihnen gesagt, was ich weiß, ich hab Ihnen den Mietvertrag gezeigt, der ist korrekt, und ich finde, Sie sollten jetzt gehen.«
Ich strich mir die Haare nach hinten und machte den obersten Knopf an meinem Hemd zu. Silvia runzelte die Stirn.
»Ist Ihnen kalt?«, fragte sie.
»Nein«, sagte ich. »Entschuldigen Sie die Störung! Ich wollte Sie nicht belästigen.«
Ich streckte ihr die Hand hin, und sie schüttelte sie.
»Auf Wiedersehen«, sagte sie.
Als ich auf den Flur trat, verließ mein Kollege gerade seine Wohnung. Er trug jetzt einen dunklen Anzug und blank geputzte schwarze Schuhe. Er roch nach Rasierwasser. Silvia hatte hastig die Tür geschlossen und von innen abgesperrt.

»Kleiner Nebenverdienst«, flüsterte er. »Personenschutz, Siemens-Vorstandsfeier, mein Cousin ist dabei, im Vergleich mit dem krieg ich praktisch ein Arbeitslosengeld. Und? Das Mädchen? Illegale Prostitution?«
»Mich interessiert nur der Vermieter.«
»Ich find das Mädchen interessanter«, sagte er und hielt mir die Tür zwischen Flur und Treppenhaus auf.

Kaum hatte ich das Taxi, mit dem ich in die Schleißheimer Straße gefahren war, verlassen, stieg ich in das nächste, zusammen mit Bernhard Schulze, der auf dem Bürgersteig gestanden hatte, als ich angekommen war. Er hatte mich beobachtet, wie ich mehrmals auf den Klingelknopf neben seinem Namensschild drückte. Dann hatte er sich vorgestellt, und ich hatte ihm meinen Ausweis gezeigt, den er ausgiebig musterte. Das Taxi, das er bestellt hatte, kam, und er meinte, wenn ich was zu fragen hätte, sollte ich mitfahren, er sei in der Innenstadt verabredet.
Ich war ihm unglaublich lästig.
Immerhin kannte er Jeremias Holzapfel nicht nur dem Namen nach, sondern auch persönlich. Allerdings hatte er ihn nur ein einziges Mal gesehen, eher zufällig in einem bestimmten Lokal.
»Er und seine Frau sind früher da hingegangen«, sagte er und sah aus dem Fenster. Ich saß wie gewohnt auf der Rückbank, er auf dem Beifahrersitz. »Wenn ich das vorher gewusst hätte, wär ich mit ihr da nicht hin, garantiert nicht! So abgenutzte Plätze mag ich nicht.«
»Sie sind mit Frau Holzapfel verheiratet?«
»Nein.« Er schwieg.
Ich hatte mich hinter den Fahrer gesetzt, um Schulze ins Gesicht sehen zu können. Aber er drehte sich kein einziges Mal zu mir um.
»Haben Sie Herrn Holzapfel als vermisst gemeldet?«, fragte ich.
Nach einer Weile ließ er sich zu einer Antwort herab. »Ich kenn den Mann nicht, muss ich das wiederholen? Und meine Lebensgefährtin hat keinen Kontakt mehr zu ihm, schon seit Jahren nicht. Ob der vermisst wird oder nicht, ist uns

wurscht.« Er wandte sich an den Fahrer. »Können wir etwas schneller fahren, ich habs eilig.«
»Ich hab den Stau nicht bestellt«, sagte der Fahrer.
Entlang der Schellingstraße parkten Autos auf beiden Seiten in der zweiten Reihe, ein Linienbus kam nicht durch, der Fahrer hupte ununterbrochen, und an den Kreuzungen blockierten sich die Fahrzeuge gegenseitig. Es war Samstag Mittag, die Sonne schien, ein ungewöhnlich warmer Tag. Und ich hatte Urlaub und führte Befragungen in einer Vermisstensache durch, die keine war.
Ein paar Fragen musste ich noch abhaken, aus reiner Selbstachtung.
»Warum steht der Name Holzapfel an der Wohnung auf der Theresienhöhe?«
»Die Wohnung gehört meiner Lebensgefährtin«, sagte er und gestikulierte wütend mit den Händen, weil das Taxi nicht vorankam.
»Aber Sie haben den Mietvertrag ebenfalls unterschrieben und Ihre Adresse angegeben.«
»Sie hat mich beauftragt, ich bin Makler von Beruf.«
»Warum der Name an der Tür? Was hat Frau Holzapfel davon?«
»Sie wollte es so. Und die Mieterin hat es freundlicherweise akzeptiert.«
»Die Mieterin sagte mir, es geht um eine Steuersache.«
»Woher will die das wissen? Die weiß gar nichts. Die wohnt da preiswert und soll den Mund halten.«
»Jeremias Holzapfel ist unter dieser Adresse gemeldet, wie ist das möglich?«
»Keine Ahnung.«
Zur Abwechslung war Grün, und wir erreichten die Ludwigstraße, von der wir auf den Altstadtring abbogen. Mehrmals sah Bernhard Schulze demonstrativ auf seine goldene Armbanduhr.
»Welchen Beruf hat Herr Holzapfel?«
»Haben Sie ihn nicht gefragt?«
»Nein«, sagte ich. Natürlich hatten meine Kollegen ihn danach gefragt, doch er hatte ihnen keine Antwort gegeben.

»Er ist Schauspieler«, sagte Schulze. »Kein richtiger Schauspieler, mehr so ein gescheiterter Schauspieler, einer, der beim Radio arbeitet, wo ihn kein Mensch sieht. Er hats zu nichts gebracht. Mehr weiß ich nicht, ich hab Clarissa nicht nach ihm gefragt, sie war froh, dass sie ihn los war, so viel steht fest. Wieso fährt der da vorn nicht weiter?«

»Er kennt sich nicht aus«, sagte der Taxifahrer.

Schulze winkte ab.

»Wann haben sich die beiden getrennt?«, fragte ich. Wieder wartete Schulze ungefähr eine Minute mit seiner Antwort.

»Keine Ahnung.«

»Und wie lange sind Sie und Frau Holzapfel zusammen?«

Er hob den Kopf und starrte geradeaus durch die Windschutzscheibe.

»Bei allem Respekt, Herr ... bei allem Respekt, das geht Sie nichts an. Wir haben mit diesem Mann nichts zu tun, das ist vorbei, meine Lebensgefährtin ist ordentlich geschieden, und ich hab Ihnen schon gesagt, sie hat keinen Kontakt mehr mit ihm. Und ehrlich gesagt, find ich es extrem unangenehm, dass Sie an einem Samstag bei mir aufkreuzen, um mich über den Exmann meiner Frau zu verhören, der, soweit ich das verstanden hab, nicht mal was angestellt hat. Hab ich doch richtig verstanden?«

Er deutete mit dem Zeigefinger nach vorn.

»Ich steig an der Ecke aus.«

Das Taxi bog in die Maximilianstraße ein und hielt. Wir stiegen aus.

Schulze bezahlte und zog sein kariertes Sakko aus.

»Auf Wiedersehen«, sagte er.

»Wiedersehen«, sagte ich.

An den Tischen vor dem »Roma« drängten sich hübsche Menschen in Markenkleidern, und ich sah ihnen eine Zeit lang zu, wie sie sich auf die Wangen küssten, ihre Handys und Autoschlüssel vor sich hinlegten und zurückgelehnt dem Kellner ihre Wünsche mitteilten. Und ich dachte, vielleicht war es das, was Jeremias Holzapfel mit seiner Ich-bin-wieder-da-Geschichte bezweckte: Er wollte irgendwo dazugehören.

Er saß am selben Platz wie vorher, ein Glas Wasser vor sich, und blickte, als ich das Bistro betrat, an mir vorbei oder durch mich hindurch und schien alles Mögliche zu sehen, bloß nicht mich.
»Grüß Gott«, sagte ich.
Sein Gesichtsausdruck veränderte sich leicht. Mit einem Mal wirkte Jeremias Holzapfel entspannter, beinah zufrieden. Er nickte ein paarmal hintereinander und klopfte mit dem rechten Zeigefinger auf den Tisch.
»Alles klar alles klar?«, sagte er.
Ihm gegenüber saß Martin Heuer, ein kleines Bier vor sich. Er hatte seine graue Filzjacke nicht ausgezogen, die er jahrein, jahraus trug, abgesehen von der Zeit, in der er ausschließlich ein und dieselbe Daunenjacke anhatte.
»Bin seit zehn Minuten da«, sagte Martin.
Ich wusste nicht, was ich sagen oder tun sollte. Als Susi auf mich zukam, schüttelte ich den Kopf. Unschlüssig stand ich da und vermisste in dem Qualm und dem Fettgeruch den Sommer.
»Sie sind mir gestern gefolgt, bis zu meiner Wohnung«, sagte ich zu Holzapfel, denn das hatte mich die ganze Zeit beschäftigt: Wie hatte er es fertig gebracht, trotz seiner offensichtlichen Verwirrtheit hinter mir herzugehen, ohne dass ich auch nur den geringsten Verdacht schöpfte? Und er musste die ganze Zeit dicht hinter mir gewesen sein, auf der Straße, in der Tram, zu Fuß den Nockherberg hinauf bis zu meinem Haus.
»Ja«, sagte er abwesend. »Ja, ja, ja.«
Was bedeutete das?
Martin trank sein Bier aus und gab Susi ein Zeichen für Nachschub.
»Herr Holzapfel«, sagte ich.
Einige Sekunden später hob er den Kopf und sah zu mir herauf. Ich versuchte, seinen Blick festzuhalten, was mir nicht gelang. Zum ersten Mal fiel mir auf, dass seine Augen unterschiedlich groß waren, zumindest kam es mir so vor, sogar die Brauen hatten auf eine kuriose Weise nicht dieselbe Form. Als wäre ein unerfahrener Maskenbildner am Werk gewesen.
»Die Frau in Ihrer Wohnung«, sagte ich, »Silvia Bast, kennen

Sie sie? Warum wohnt sie dort und nicht Sie? Herr Holzapfel! Verstehen Sie mich?«

»Sehr gut sehr gut«, sagte er. Und verstummte. Sah weiter zu mir herauf. Und klopfte wieder mit dem Zeigefinger auf die Tischplatte.

»Kennen Sie die Frau in Ihrer Wohnung auf der Theresienhöhe?«, wiederholte ich.

Susi brachte Martin ein frisches Bier, verzog beim Anblick von Holzapfel den Mund und ging kopfschüttelnd weiter.

»Ich muss los!«, stieß Holzapfel hervor und stand ruckartig auf. Die Frau am Nebentisch zuckte zusammen.

»Wohin?«, fragte Martin ruhig.

Holzapfel zog den Reißverschluss an seinem Blouson hoch und starrte sein Wasserglas an, das halb voll war. Durch die Glastür, die zur Nordseite des Bahnhofs führte, sah ich die Helligkeit des Tages und ich beschloss, diesen Mann zu vergessen.

Seit zwölf Jahren arbeitete ich auf der Vermisstenstelle, vermutlich kannte ich Familiengeheimnisse, von denen nicht einmal ein Priester wusste, und jede Lüge, jeder Versuch, die Umstände in einem besseren Licht erscheinen zu lassen, waren mir so vertraut wie die Motive, wegen denen jemand von einem Tag auf den anderen seine gewohnte Umgebung hinter sich ließ, um etwas zu riskieren, dem er dann doch nicht gewachsen war. In neun von zehn Fällen war es zumindest so. Ich hatte Menschen getroffen, die schworen, ihr Mann oder ihre Frau, ihr Freund oder ihre Schwester würden »so etwas« niemals tun. Es gebe überhaupt keinen Grund, ihnen »so etwas Schreckliches« zuzumuten. Und dann hatten diese Angehörigen ungeheure Mühe damit, eine exakte Beschreibung des Vermissten abzugeben – manchmal fanden sie nicht einmal ein brauchbares Foto –, seine speziellen Eigenschaften zu benennen, seine Ticks, seine Leidenschaften, seine heimlichen Vorlieben. Spätestens bei diesem Thema fingen die Lügen an. Und am Ende kehrten wir mit einem einzigen Lügenkonstrukt ins Dezernat zurück und konnten nichts tun als die puren Daten ins Netz zu stellen und zu hoffen, diese würden nicht mit den Angaben über bisher unidentifizierte Tote übereinstimmen. Abgesehen davon, dass ich für Vermisste zuständig war und nicht für Nichtvermisste, gehörten die Dinge, die ich in diesen beiden Tagen sowohl von der Studentin als auch von diesem Makler und Holzapfel erfahren hatte, zu meinem normalen Alltagsgeschäft. Eine Binnenwelt wie viele, es ging um etwas Geld und etwas Macht und etwas Liebe und etwas Wut, und niemand wollte sich dabei stören lassen, und auch ich hatte kein Recht dazu.

Bevor sich meine Neugier und mein Mitgefühl ins Gegenteil verwandelten, wollte ich mich rechtzeitig von Holzapfel verabschieden. Stattdessen verabschiedete er sich von mir. Und zwar in Sekundenschnelle.

Mit einem röchelnden Seufzer riss er sich vom Anblick seines Wasserglases los, stieß die Tür zur Bahnhofshalle auf und verschwand im Durchgang zu den Gleisen.

Martin und ich machten einen relativ tölpelhaften Eindruck.

»Und wer zahlt jetzt seine zwei Wasser?«, fragte Susi.

Ich sagte: »Du nicht.«

»Danke«, sagte sie und nahm Martins leeres und Holzapfels halb volles Glas mit.

Ich setzte mich.

Wir schwiegen.

Wir schwiegen so lange, bis Susi die Geduld verlor.

»Das ist hier keine Wärmestube!«, blaffte sie. »Für Staatsbeamte erst recht nicht!«

So hatte sie uns noch nie genannt.

»Noch ein kleines Bier«, sagte Martin.

»Einen Kaffee und ein Wasser«, sagte ich.

»Wer war der Typ?«, fragte Susi in einem Anflug von Nettigkeit.

»Das wissen wir nicht«, sagte Martin.

Susi hielt diese Bemerkung für eine Beleidigung und ließ uns allein. Auf unsere Getränke würden wir vorerst verzichten müssen.

»Was denkst du?«, fragte Martin.

Ich sah zur immer noch offenen Tür, durch die Holzapfel gegangen war.

»Wir hätten ihn zum Arzt bringen sollen.« Andererseits war ich überzeugt, er hätte sich dagegen gewehrt und wäre rechtzeitig abgehauen.
»Glaubst du, er steht unter Schock?«
»Er hat mich verfolgt«, sagte ich, noch immer konsterniert über meine Blindheit. »Hat jemand eine solche Disziplin, der unter Schock steht?«
Martin erwiderte nichts.
Ich wusste es auch nicht.
Wir hielten Ausschau nach Susi. Vielleicht brachte ihr der asiatische Koch gerade Konfuzius näher, jedenfalls existierte keine Welt um sie herum.
»Du musst dich ausschlafen!«, sagte ich zu Martin.
»Später«, sagte er.
Draußen schien unverändert die Sonne.
Ich erinnerte mich, dass ich meiner Kollegin Sonja Feyerabend versprochen hatte sie anzurufen. Sie hatte heute frei und mich gestern am Telefon gefragt, ob ich Zeit hätte, mit ihr etwas zu unternehmen. Was?
Ich dachte daran, sie anzurufen und abzusagen.
In diesem Moment stürzten zwei Kollegen der Bahnpolizei aus ihrem Büro, das an das Bistro angrenzte. Sie erkannten uns.
»Schlägerei!«, rief der eine. »Ein Kerl hat eine wildfremde Frau niedergeprügelt!«
Ich sah Martin an und wusste, dass er dasselbe dachte wie ich.

4

Die Frau saß auf einer Wolldecke, die die Sanitäter mitgebracht hatten, und hielt sich einen Wattebausch vor die Nase. Sie lehnte an der Glasfassade des Zeitungskiosks in der Nähe der Gleise, umringt von Neugierigen. Nach den Aussagen von Zeugen hatte ein Mann der Frau ohne jede Ankündigung ins Gesicht geschlagen, mit der blanken Faust, sagten einige, andere behaupteten, er habe sie geohrfeigt. Während die Frau zu Boden stürzte, sei der Mann davongelaufen, Richtung Südausgang, wo er die Treppe zur U-Bahn nahm.

Seltsamerweise hatte niemand ihn aufgehalten. Auf die Frage, warum er den Täter nicht verfolgt habe, sagte ein Zeuge, das Opfer sei ihm wichtiger gewesen. Ein anderer Mann erklärte, er habe Angst gehabt, der Mann würde eine Waffe ziehen und wild um sich schießen wie dieser Irre neulich in einem Schweizer Parlament.

Zwar gaben die Zeugen unterschiedliche Beschreibungen des Schlägers ab, doch ich hatte keinen Zweifel daran, dass es sich um Jeremias Holzapfel handelte. Also verbrachten wir die nächste Stunde bei unseren Kollegen vom Bahnhof, erzählten ihnen, was wir wussten, und ich gab ihnen die Adresse des Maklers und der Wohnung auf der Theresienhöhe.

Was die verletzte Frau betraf, Esther Kolb, so sagte sie aus, sie habe den Angreifer nie zuvor gesehen, allerdings sei alles so schnell gegangen, dass sie sich kaum an sein Aussehen erinnern könne.

»Sie werden ihn bald erwischen«, sagte Martin, als wir das Büro der Bahnpolizei verließen und endlich ins Sonnenlicht traten. Ich war nahe daran, einen Schrei auszustoßen und im Kreis zu springen aus vollkommenem Übermut.

»Hoffentlich erwischen sie ihn«, sagte ich und beobachtete Martin, der sich den Schweiß von der Stirn wischte und die Arme um den Körper schlang, als würde er frieren. »Er muss ins Krankenhaus, er muss sich untersuchen lassen. Warum haben wir uns nicht darum gekümmert, Martin?«

»Wahrscheinlich spinnt er bloß«, sagte er. Betrachtete die Salem-Schachtel, hustete und steckte sie wieder ein.
»Oder er hat eine miese Phase.«
»Oder er sucht Ansprache.«
»Hat er ja auch gefunden.«
Um ein Haar wären wir in die anfahrende Straßenbahn gelaufen. Der Fahrer schlug auf die Klingel, und wir blieben ruckartig stehen.
»Was hast du vor?«, fragte ich.
»Und du?«
Einige hundert Meter von uns entfernt befand sich das Rundfunkgebäude, und ich hatte die verrückte Idee hinzugehen.
»Nichts Spezielles«, sagte ich.
»Ich lüft mich aus«, sagte Martin. »Ich hab morgen Bereitschaft. Paul ist bei seiner Frau im Krankenhaus, er hat mich gebeten für ihn einzuspringen.«
»Hast du mit ihm gesprochen?«
»Am Telefon, es geht ihr nicht gut. Nein ... er wollte nicht viel reden ... Es ist ...« Martin schüttelte den Kopf.
Seit zwei Monaten lag Elfriede Weber, die Frau unseres Kollegen Paul Weber, im Krankenhaus. Sie war ein paar Jahre jünger als er, Mitte fünfzig, ich wusste es nicht genau, und vor sechs Jahren musste sie schon einmal wegen eines Tumors im Darm operiert werden. Danach ging es ihr wieder gut, und sie brachte ihm regelmäßig Diätkuchen und Kräutertee ins Büro. Wenn ich den beiden zusah, wie sie miteinander umgingen, wie sie sich ungeniert an den Händen fassten und auf den Mund küssten, unbeschwert und innig, und wie sie ihr Zusammensein in winzigen Gesten feierten, dann kam ich mir jedes Mal wie ein verirrter Gast vor, der die verkehrte Tür geöffnet hatte.
Neben Weber, der ein bulliger Kerl mit einem breiten Gesicht ohne Konturen war, wirkte Elfriede graziös. Sie war klein und drahtig, hatte die dunklen Haare streng nach hinten gekämmt, was ihre Wangenknochen noch mehr betonte und ihr manchmal das Aussehen einer spanischen Tänzerin verlieh, besonders wenn sie auf der Weihnachtsfeier des Dezernats ihren schwergewichtigen Mann über das Parkett schob

und in ihrem roten Kleid mit dem schwarzen, um die Hüften gebundenen Tuch ebenso anmutige wie expressive Bewegungen vollführte. Vor einem Vierteljahr hatten erneut die Untersuchungen begonnen, und vom ersten Tag an war in Webers Augen nichts als Entsetzen gewesen. Er sprach mit uns über seine Besuche im Schwabinger Krankenhaus, er bemühte sich, uns an seinem Schmerz teilhaben zu lassen, obwohl er wusste und obwohl wir wussten, dass es uns nicht gelingen würde ihn zu trösten.

»Können wir sie besuchen?«, fragte ich Martin.

»Ich glaube nicht«, sagte er.

Er sah sich um, als müsse er überlegen, welche Richtung er einschlagen solle, dann hob er die Hand.

»Ich melde mich«, sagte er.

»Ja«, sagte ich.

Er schlurfte über die Straße, die Hände in den Hosentaschen, gebeugt wie ein alter Mann.

Es hätte keinen Zweck gehabt ihn zu fragen, ob er mich begleiten wolle. Erstens war er längst entschlossen Lilo zu besuchen, und zweitens hätte er mir wegen meinem Vorhaben den Vogel gezeigt.

Ich musste es tun. Ich brachte das Bild der verletzten Frau auf der Wolldecke nicht aus dem Kopf und die Bemerkung eines Zeugen, der gesagt hatte: »Ich hab gedacht, der tritt ihr auch noch ins Gesicht.«

»Grüß Sie! Junginger. Wenn Sie bitte einfach mitkommen möchten!«

Wir gingen in den ersten Stock, einen schmalen Flur entlang, auf dem uns niemand entgegenkam, und blieben unter einem Schild stehen, auf dem stand: »Arztzimmer«. Horst Junginger öffnete eine Tür.

»Hier lang bitte!«

Wir betraten die Räume der Pressestelle des Bayerischen Rundfunks, eine Frau sah mich eindringlich an, und ich wollte sie schon fragen, was das Schild auf dem Gang zu bedeuten hatte, als Junginger die Tür zu seinem Büro hinter mir schloss und auf einen Stuhl zeigte.

»Einen Kaffee? Was anderes?«
»Nein«, sagte ich.
Er setzte sich hinter seinen extrem aufgeräumten Schreibtisch und faltete die Hände.
»Sie wollen etwas über Herrn Holzapfel wissen?«
Ich hatte dem Pförtner im Parterre erklärt, worum es ging, und nachdem er eine Weile überlegt hatte, wer dafür zuständig sein könnte, rief er in der Pressestelle an. Zufälligerweise war an diesem Samstag der Chef persönlich anwesend, und während ich auf ihn wartete, fragte mich der Pförtner, ob ich von der Mordkommission sei. Als ich erwiderte, ich würde auf der Vermisstenstelle arbeiten, meinte er: »Da kenn ich eine Geschichte ...« Er war aber nicht weit gekommen mit seiner Geschichte, weil Junginger bereits eine Minute später erschien.
»Hat er hier im Haus gearbeitet?«, fragte ich.
»Ja«, sagte Junginger, hob die gefalteten Hände und ließ sie wieder auf die blaue Schreibtischunterlage fallen. »Er war sehr beliebt, die Leute mochten seine Stimme, er war ein erfahrener Mann, gelernter Schauspieler ...«
»Wieso ›war‹?«
»Tschuldigung?«
»Der Mann lebt noch.«
»Tschuldigung ... tschuldigung, ist mir so rausgerutscht ... Er ist ... er arbeitet nicht mehr für den Funk, das meine ich, er hat aufgehört, vor ... ungefähr vier Jahren ...«
»Warum hat er aufgehört?«
Wieder machte Junginger die Bewegung mit den gefalteten Händen.
»Er musste ... er hat ... die Abteilung hat ihm nahegelegt, kürzer zu treten, er hat ... Ich möchte nichts Negatives über ihn sagen, ich kannte ihn nicht sehr gut, ich war damals noch Vize hier in der Abteilung, ich leite die Pressestelle erst seit einem Jahr ...«
»Herrn Holzapfel wurde gekündigt«, sagte ich. Vor vier Jahren und sechs Monaten, hatte er meinen Kollegen erklärt, sei er als vermisst gemeldet worden.
Junginger nickte.

Das Telefon klingelte.
Ich stand auf. Dieses ständige Sitzen, während anderswo die Sonne schien, machte mich unruhig. Ich ging zur Wand und lehnte mich dagegen. Den Hörer am Ohr, schaute Junginger zu mir her.
»Ist kein Problem, Eva, ja ... hernach ... Ich bin noch nicht fertig, gut, geh schon mal vor ...«
Er legte auf.
»Alles in Ordnung?«, fragte er.
»Ja.«
Weil ich nichts weiter sagte, stutzte er, rollte mit dem Stuhl ein Stück zurück und schlug die Beine übereinander. Meiner Meinung nach passte seine gelbe Krawatte nicht gerade ideal zu dem dunkelroten Hemd.
»Gekündigt«, sagte er, ohne mich anzusehen. »Die Sache ging hinauf bis zum Intendanten. Holzapfel war ein superbekannter Sprecher, haben Sie den nie gehört?«
»Nein«, sagte ich. Mir fiel auf, dass ich kaum noch Radio hörte, meist nur im Taxi, wenn ich dienstlich unterwegs war.
»Er war ... er wollte nicht kündigen, er hat mit dem Arbeitsgericht gedroht ...«
»War er fest angestellt?«
»Er war freier Fester«, sagte Junginger. »Er hatte einen besonderen Status, ich müsste nachschauen. Auf alle Fälle kann man so einen Mann nicht einfach rausschmeißen ...«
»Was hat er denn angestellt?«
Junginger rollte wieder zum Schreibtisch und faltete die Hände.
»Angestellt ... Er hat getrunken ... das tun viele ... er hat getrunken und er ... Er hat sich vernachlässigt ... Es gab auch Fotos in der Presse, er hatte Frauengeschichten, Prostituierte waren auch dabei ... Ich persönlich fand das Ganze unangenehm, ich fand, er ist da in was reingeraten, er hat sich ausnutzen lassen, es war nicht seine Schuld, das alles. Aber hier im Haus hatte man Befürchtungen wegen der schlechten Presse ...«
»Gab es einen Prozess?«

»Nein, nein, er hat die Kündigung dann akzeptiert, er hat alles unterschrieben und sich nie mehr blicken lassen. Ich persönlich habe nie wieder was von ihm gehört. Was ist passiert, ist er verschwunden?«
»Das wissen wir noch nicht«, sagte ich. »Kennen Sie seine Frau?«
»Nein. Er war geschieden, habe ich gedacht. Ich habe nur gehört, er soll eine Freundin gehabt haben, Flurgerede, angeblich war die Freundin der Grund für die Scheidung …«
»Wie hieß die Freundin?«
»Sekunde.« Er ging zur Tür und riss sie auf. »Eva, gut, dass du noch da bist! Erinnerst du dich an den Jeremias Holzapfel, der hatte doch eine Freundin …«
Eva hatte eine dünne Jacke an und ein dickes schwarzes Mäppchen in der Hand. Sie war gerade dabei gewesen, sich die Lippen zu schminken.
»Holzapfel«, sagte sie und klappte den kleinen Spiegel zu. »Gibts den auch noch? Woher soll ich wissen, wie die Freundin hieß? Das ist ewig her.«
»Danke, Eva«, sagte Junginger.
»Hatte er einen Freund hier im Haus?«, fragte ich.
»Wie meinen Sie das, einen Freund?«
Ich sagte: »Jemand, dem er sich anvertraut hat.«
Junginger zuckte mit den Achseln.
»Jetzt fällt mir was ein!«, sagte Eva.
»Hrubesch! Ich glaub, die Frau hieß Hrubesch, wie der Fußballspieler damals …«
»Du interessierst dich für Fußball?«, sagte Junginger.
»Du nicht?«, sagte sie. Ich fragte mich, ob solche Blicke auf der Sekretärinnenschule gelehrt wurden, nur Frauen in diesem Beruf konnten so schauen. Erika, unsere Assistentin auf der Vermisstenstelle, beherrschte diesen Blick ebenfalls perfekt.
Ich verabschiedete mich von den beiden.
»Ich bring Sie runter«, sagte Junginger.
»Ich schaffs allein«, sagte ich.
Im Foyer rief der Pförtner: »Grüßen Sie Herrn Holzapfel von mir!«

Ich ging zu ihm. »Kannten Sie ihn näher?«
»Überhaupt nicht«, sagte der Pförtner. »Schade, dass er nicht mehr für uns arbeitet. Seine Stimme fehlt im Programm.«

Es störte mich nicht, dass wir im Dunkeln saßen. Vom Flur fiel Licht herein, und das genügte, um das kleine Wohnzimmer so weit zu erhellen, dass wir uns gut sehen konnten, Paul Weber und ich.
Nach dem Besuch im Rundfunkhaus war ich zwei Stunden durch die Stadt gelaufen, nicht ohne mich immer wieder umzudrehen. Was ich auf die Dauer lächerlich fand. Wo immer sich Holzapfel aufhalten mochte, an meine Fersen hatte er sich garantiert nicht mehr geheftet. Zu Fuß ging ich zurück in meine Wohnung, zog mich aus, legte mich nackt aufs Bett und fiel in einen leichten Schlaf. Als es dunkel war, rief ich Weber an, der gerade aus dem Krankenhaus zurückgekehrt war. »Wir müssen nichts sprechen«, sagte ich am Telefon zu ihm, und er: »Das weiß ich.«
Beim Betreten seiner Wohnung sah ich, dass im Wohnzimmer kein Licht brannte. Natürlich wollte er es wegen mir anmachen, aber ich bat ihn es aus zu lassen.
Wir saßen nebeneinander auf der Couch. Er hatte immer noch seine Jacke und die Straßenschuhe an.
Minutenlang sagten wir kein Wort. Eine antike Uhr tickte in der Ecke.
Paul Weber war eine kuriose Erscheinung. Mit seinen lockigen Haaren, seiner kräftigen Figur, seinen speckigen Kniebundhosen und den karierten Hemden, die seine bevorzugte Kleidung waren, sah er aus wie der klassische Postkartenbayer. Zudem benutzte er weißblaue Stofftaschentücher, groß wie ein halbes Tischtuch, und trug im Winter einen Lodenmantel. Trotzdem sprach er fast dialektfrei, was ungewöhnlich war, da er am Chiemsee aufgewachsen war, wo die Leute breites Oberbayerisch reden. Kurios waren auch seine Ohren. Sie waren meist tomatenrot. Nur die Ohren, nicht das ganze Gesicht.
Als ich vor zwölf Jahren als Oberkommissar auf die Vermisstenstelle kam, arbeitete er bereits dort. Anfangs dachte

ich, er würde der neue Chef werden, da er mindestens zehn Jahre älter war als die meisten Kollegen, die meiste Erfahrung besaß und als absolut integere Person galt. Doch dann begriff ich, dass ihn die Stelle nicht interessierte. Er hatte ein Leben außerhalb des Büros, und darin unterschied er sich von meist jüngeren Kommissaren. Wir freundeten uns an, fragten uns in all den Jahren aber nie aus. Wenn das Gespräch auf unsere Vergangenheiten kam, zögerten wir auf eine ähnliche Art uns mitzuteilen. Nur einmal, in einer langen komplizierten Nacht, in der wir beide als Mitglieder einer Sonderkommission Stunde um Stunde auf einen Einsatz warteten, erzählte er mir, warum er Polizist geworden war.

Daran musste ich jetzt wieder denken, als ich neben ihm auf der Couch saß. Denn Elfriede spielte in dieser kleinen Geschichte die Hauptrolle.

»Sie ist stark«, sagte ich.

»Der Tod ist stärker«, sagte er.

Er zog sein riesiges Taschentuch aus der Hose und drückte es ausgebreitet auf sein Gesicht. Dann faltete er es zusammen und legte es auf den Holztisch, an dem wir saßen.

»Weißt du, wie lang wir verheiratet sind?«, sagte er.

Ich sah ihn an.

»Siebenundzwanzig Jahre.« Er strich sich über den Mund.

»Kann sein, dass sie nicht mehr nach Hause kommt«, sagte er übergangslos. »Der Arzt ist ehrlich. Er sagt, man kann was tun, aber eine Garantie gibt es nicht. Metastasen sind unberechenbar.«

Er beugte sich vor und sah zu dem antiken Holzbüffet, auf dem eine gerahmte Fotografie des Ehepaars stand. Dann drehte er den Kopf zu mir.

»Es geht sehr schnell alles abwärts.«

Eine Weile glaubte ich ein Echo dieses Satzes in diesem Zimmer oder in meinem Kopf zu hören.

»Manchmal«, sagte er und senkte den Blick, »bin ich so verzweifelt, dass ich aufhöre, Gott zu hassen.« Er wandte sich von mir ab. »Friede hält auch nicht viel davon, sie liest lieber Gedichte als Gebete.«

Plötzlich erhob er sich. Sein Blick irrte durchs Zimmer, mehrere Male hin und her, seine dünne graue Jacke raschelte, und dieses Rascheln klang unheimlich in der Stille der Wohnung. Dann streckte er den Arm vor, als stütze er sich an einer unsichtbaren Wand ab, machte einen breiten Schritt von der Couch weg ins Zimmer hinein, verließ schwerfällig den Raum und war schon wieder zurück, bevor ich die Hände runternehmen konnte, die ich vors Gesicht geschlagen hatte.

Er setzte sich wieder neben mich, auf eine ungewöhnliche Art. Er sackte nicht einfach nach unten, wie ich es wegen seines Gewichts vielleicht erwartet hätte, vielmehr war seine Bewegung ein Ausdruck größtmöglicher Behutsamkeit. Als nähere er sich einem kostbaren Untergrund, bei dem sich jede Ruppigkeit verbat. Und er setzte sich ganz an den Rand der Couch, seine Knie stießen gegen den Tisch, und sein Bauch wölbte sich mächtig.

In der Hand hielt er ein Taschenbuch. Er schlug es auf.

»Ihr Lieblingsgedicht«, sagte er.

Ich sah, dass es nur vier Zeilen lang war.

Weber holte Luft, dann las er:

»Die laubigen Laubfrösche bitten laut / der Morgen stellt sich häufig taub und blind / mit Laub auf den Stimmen mit Zungen betaut / für alle die im Herzen barfuß sind.«

Aufgeschlagen legte er das Buch auf den Tisch, ebenso sacht, wie er sich hingesetzt hatte.

Wir schwiegen.

»Weißt du«, sagte er dann, an mich gewandt, »von wem ich das Gedicht gehört hab, außer wenn meine Frau es mir vorgelesen hat? Von Jeremias Holzapfel, im Radio. Vor vielen Jahren. In einer Gedichtesendung. Friede wollte die Sendung unbedingt hören, das weiß ich noch, sie hat ja in ihrer Bücherei eine eigene Lyrikabteilung eingerichtet. Das war schon beeindruckend, wie der Holzapfel gelesen hat. Und jetzt taucht der auf einmal mit seiner kuriosen Geschichte auf.«

»Die Kollegen fahnden nach ihm«, sagte ich. In kurzen Worten erzählte ich ihm, was am Bahnhof passiert war.

Weber hörte mir zu und schüttelte den Kopf. Das war alles.

Wir saßen im Dunkeln und es war still.

Ich musste an den Satz des Pförtners denken: Seine Stimme fehlt im Programm.

Später holte Weber zwei Flaschen Bier aus dem Kühlschrank.

5

Am Montag Früh zog Esther Kolb ihre Anzeige wegen Körperverletzung zurück. Gründe nannte sie keine, das Einzige, was sie sagte und ungefähr siebenmal wiederholte, war, der Mann sei wahrscheinlich betrunken gewesen, er habe sie sicher nicht absichtlich niedergeschlagen, und sie wolle keinem Unschuldigen Unannehmlichkeiten bereiten. Auch auf mehrmaliges Nachfragen hin bestritt sie, den Namen Jeremias Holzapfel schon einmal gehört zu haben oder gar den Mann zu kennen. Sie habe ihn nie zuvor gesehen. Woher sie das wissen wolle, fragten meine Kollegen von der Bahnpolizei, sie habe doch ausgesagt, der Überfall sei so überraschend für sie gewesen, dass sie nicht einmal eine brauchbare Beschreibung des Täters abgeben könne.

Von dieser Aussage rückte Esther Kolb auch nicht ab. Sie verließ das Büro erst, als der Kollege vor ihren Augen das von ihr unterschriebene Papier zerriss und die Angaben im Computer löschte. Für die Bahnpolizisten handelte es sich letztendlich um eine Bagatelle, sie wunderten sich zwar, waren aber wie immer froh, wenn sich angesichts des Wusts unaufgeklärter Alltagsfälle der eine oder andere von selbst erledigte.

Auf Grund unserer Begegnung am Hauptbahnhof informierten sie das Dezernat 11 über Frau Kolbs Entscheidung, und Sonja Feyerabend gab mir die Nachricht am Telefon weiter. Der zweite Grund ihres Anrufs war, dass sie wissen wollte, warum ich mich am Wochenende nicht wie versprochen bei ihr gemeldet hatte.

»Am Samstag«, sagte ich, »war ich den ganzen Tag unterwegs, abends habe ich Paul besucht und am Sonntag wollte ich allein sein.«

»Sie haben nicht vergessen anzurufen?«, fragte sie.

In der Vermisstenstelle waren wir die Einzigen, die sich siezten.

»Ich hab immer wieder dran gedacht.«

Sie sagte: »Es gibt eine Form von Ehrlichkeit, die ich nicht besonders gut ertrage.«

»Entschuldigen Sie!«

Sie schwieg.
»Das Alleinsein ist sehr wichtig für mich«, sagte ich. »Ich habe kürzlich die Aussage eines Schriftstellers gelesen, der meinte, man solle Alleinsein als Fach in der Schule einführen. Guter Vorschlag.«
Während ich noch sprach, kicherte sie. Es hörte sich zumindest so an.
»Worüber lachen Sie?«, fragte ich.
»Weil Sie sagen: ›Die Aussage eines Schriftstellers‹. So redet nur ein Polizist. Außerdem hätte ich nicht gedacht, dass Sie das Feuilleton lesen.«
»Warum nicht?«
Sie schwieg.
Ich sagte: »Das Interview stand im Lokalteil einer Boulevardzeitung.«
»Ich wollte schon bei Ihnen anrufen«, sagte sie. »Das möcht ich mir eigentlich ersparen, so was. Also wenn Sie das nächste Mal sagen, Sie rufen an, dann tun Sies auch, selbst wenn Sie absagen!«
»Entschuldigen Sie!«
»Tun Sies«, sagte sie, »dann können Sie sich Ihre Entschuldigungen sparen.«
Ich streckte die Beine aus. In dem einen der beiden Zimmer, die mit der Küche, dem Bad und dem engen Flur meine Wohnung waren, hockte ich auf dem Boden, an die Wand gelehnt, und trank schwarzen Kaffee.
»Wie gefällt es Ihnen in der neuen Wohnung?«, fragte ich.
»Ich gewöhn mich noch dran.«
»Milbertshofen ist eine eigene Gegend.«
»Zumindest bezahlbar«, sagte sie.
Dann schwiegen wir.
Am anderen Ende hörte ich Telefone klingeln und andere Geräusche, die mich daran erinnerten, dass ich Urlaub hatte.
»Was vermuten Sie?«
»Bitte?« Ich stellte die Tasse auf den Boden.
»Warum hat die Frau die Anzeige zurückgezogen?«
Ich sagte: »Das haben Sie mir doch vorhin erklärt.«
»Und Sie glauben das?«, fragte sie.

»Warum nicht?«
»Sie lügen«, sagte sie.
Ja, sagte ich nicht.
Kein halbwegs erfahrener Polizist glaubt die Aussage eines Opfers, es ziehe die Anzeige zurück, damit kein Unschuldiger ins Gefängnis müsse, schließlich sei der Täter ja nur betrunken gewesen. Jeder halbwegs erfahrene Polizist vermutet sofort eine Täter-Opfer-Beziehung und ebenso schnell wird ihm klar, wie schwierig es sein würde, eine Frau dazu zu bringen, mutig zu sein und nicht klein beizugeben. Doch solche Überlegungen waren im Fall Holzapfel überflüssig, zumal die Verletzungen der Frau offenbar nicht schlimm waren und der Mann weder vorbestraft noch durch gewalttätiges Auftreten bekannt war.
Der Grund, warum ich nicht anders konnte als Sonja anzulügen, war, dass ich nicht weiter über die Sache sprechen wollte. Inzwischen war ich viel zu sehr darin verstrickt. Sogar mit Paul Weber hatte ich beim Bier fast eine Stunde über Holzapfel geredet, und am Ende saßen wir beide genauso ratlos nebeneinander wie am Anfang. Derzeit bearbeiteten meine Kollegen einschließlich Sonja Feyerabend vier komplizierte Vermissungen, darunter die Fälle zweier Kinder, und niemand hatte Zeit, sich um einen spinnenden Exsprecher und meine Kapriolen zu kümmern. Und es wäre mir unangenehm gewesen, wenn im Dezernat jemand erfahren hätte, was ich in meinem Urlaub trieb.
Als einzelgängerisch, unberechenbar und stur zu gelten war das Eine. Daran war ich gewöhnt. Das andere war, als Witzfigur dazustehen. Ich ertrug es, vor mir selbst lächerlich zu erscheinen, aber sonst vor niemandem. Höchstens vor Martin Heuer. Aber mit ihm war ich groß geworden, ihn kannte ich, seit ich ein Jahr alt war, keiner von uns beiden konnte sich vor dem anderen blamieren, oft begriffen wir den anderen bei dem, was er tat, schneller als uns selbst. Dass ich dennoch oft Angst um ihn hatte und er vielleicht um mich, war eine andere Geschichte.
Als Polizist wollte ich zumindest nach außen hin ein einigermaßen vernünftiges Bild abgeben, auch wenn mir bewusst

war, dass ich, so wie ich aussah und mich kleidete, auf viele Leute, auf Kollegen und Vorgesetzte einen eher polizeiunähnlichen Eindruck machte.

»Ich weiß nicht, ob ich Sie reinlassen soll«, sagte sie, nachdem sie mich eine halbe Minute lang von oben bis unten angestarrt hatte.
Dabei hatte ich ein frisches weißes Hemd angezogen und mir die Haare gewaschen. Wie üblich trug ich meine an der Seite geschnürte Lederhose und meine gemusterten Stiefel. Die Lederjacke hatte ich zu Hause gelassen.
»Ich bin nicht offiziell hier«, sagte ich zum zweiten Mal. Für einen Polizisten, der seinen Ausweis vorzeigte und Fragen zu einem konkreten Fall stellte, war das eine zwielichtige Aussage.
»Ich bin nicht im Dienst«, korrigierte ich mich.
»Warum sind Sie dann hier?«, fragte Esther Kolb.
Sie wohnte in Harlaching in einer der Missgeburten aus Beton, von denen es einige in diesem ansonsten aus Villen bestehenden Viertel gab. Manche Garagen waren garantiert geräumiger als meine Wohnung.
»Ich glaube, Herr Holzapfel braucht Hilfe«, sagte ich.
»Und Sie wissen, wo er sich aufhält.«
»Weiß ich nicht«, sagte Esther Kolb. Sie war Anfang vierzig, einen halben Kopf größer als ich und breitschultrig. Den Kragen ihrer weißen Bluse hatte sie hochgestellt und zu den Bluejeans trug sie schwarze Schuhe, die bis über die Knöchel reichten. Im Gegensatz zu ihrer Figur wirkte ihr Gesicht schmal.
Während ich sie betrachtete, fragte ich mich, wie es der schmächtige Holzapfel geschafft hatte, sie zu Boden zu werfen.
»Ich bin auf dem Sprung«, sagte sie. »Ich hab meine Anzeige zurückgezogen, das wars. Was noch?«
»Warum haben Sie sie zurückgezogen?«
»Das hab ich schon erklärt.«
»Woher kennen Sie Hern Holzapfel?«, fragte ich.
Sie lächelte mit der Hälfte ihres Mundes. »Ich kenn ihn nicht.«

»Natürlich kennen Sie ihn.«

Wir standen uns gegenüber, zwei Weißhemden, die etwas wussten.

»Kommen Sie rein, verdammt!«, sagte sie, drehte sich um und ging voraus.

Ich schloss die Tür hinter mir. In einem Zimmer voller Grünpflanzen, in dessen Mitte eine rechts und links von einem Kästchen aus Acrylglas flankierte Couch stand, spielte leise Klaviermusik, und es roch nach einem Öl, dessen Duft ich nicht identifizieren konnte.

»Was trinken?«

Sie goss Campari in ein Glas und Wasser aus einem Apparat, mit dem man sein Mineralwasser selbst herstellte.

»Nein«, sagte ich.

Sie trank und sah mich an. Dann stellte sie das Glas ab, zögerte einen Moment, kam auf mich zu, sah mir in die Augen, machte eine Kopfbewegung in Richtung Flur, ging hinaus und öffnete eine Tür.

Ich folgte ihr. Und warf einen Blick an ihr vorbei ins Zimmer.

Auf einem Bett schlief Jeremias Holzapfel in seiner Straßenkleidung.

Dann begriff ich, dass nicht Holzapfel, sondern nur seine Kleidung dalag: das blassblaue Blouson, die Cordhose, sein hellbraunes ausgewaschenes Hemd. Und auf dem weißen Kopfkissen blinkte etwas: Holzapfels kleiner goldener Ohrring. Vor dem Bett standen seine abgetretenen Wildlederschuhe.

Esther Kolb drängte mich zur Seite und schloss die Tür.

»Okay?«, sagte sie und ging zurück ins Wohnzimmer.

»Haben Sie Bier?«, fragte ich.

»Im Kühlschrank«, sagte sie.

Ich suchte die Küche, nahm eine Flasche aus dem Kühlschrank und hielt nach einem Öffner Ausschau. In einer Schublade fand ich einen. In der Küche deutete nichts darauf hin, dass hier gekocht oder gegessen wurde. Der Kühlschrank enthielt nichts außer mehreren Flaschen Bier und Weißwein, zwei Gläsern mit eingelegtem Gemüse, einer Butterschale und einer blauen Tupperdose.

»Danke«, sagte ich, als ich ins Wohnzimmer kam.
Esther hatte sich auf die Couch gesetzt, die Beine übereinander geschlagen und das Glas auf ihrem Knie abgestützt.
»Und nun?«, fragte sie.
Ich sagte: »Nun bin ich neugierig auf Ihre Geschichte.«
»Wieso interessiert Sie die?«
»Ich bin Spezialist für merkwürdige Geschichten«, sagte ich.
»Dann erzählen Sie mir Ihre zuerst!«, sagte sie.
»Ich dachte, Sie sind auf dem Sprung.«
»Bin ich. Aber ich bin die Chefin.«
»Was machen Sie?«
»Ich hab ein Billardcafé im Westend. Spielen Sie Billard?«
»Manchmal.«
Ich setzte mich in einen bequemen Stoffsessel mit breiten Lehnen, trank einen Schluck und stellte die Flasche neben den Stuhl. Dann schaute ich Esther an. Offenbar hatte sie mich beobachtet.
»Meine Geschichte kann ich in einem Satz zusammenfassen«, sagte ich.
Sie hob ihr Glas an den Mund ohne zu trinken. Über den Rand hinweg sah sie zu mir her.
Ich sagte: »Ich arbeite auf der Vermisstenstelle der Kripo und kann meinen eigenen Vater nicht finden.«
Es war der Anblick der Kleidungsstücke gewesen, in denen ein Körper fehlte, der mich dazu gebracht hatte, diesen Satz auszusprechen, der normalerweise nur in meinem Kopf existierte. Nicht einmal zu Martin hatte ich je so etwas gesagt, obgleich er meine Biografie so gut kannte wie ich selbst.
Noch vor einer halben Minute war ich entschlossen gewesen, irgendeine Episode aus meinem Arbeitsleben zu erzählen. Und jetzt saß ich in der Wohnung einer fremden Frau, auf deren Bett ein Mann gelegen hatte, der mich nichts anging. Und ich hatte mich allen Ernstes aus keinem anderen Grund als Neugier auf einen Handel mit Lebensgeschichten eingelassen.
Entweder waren wir beide lächerliche Gestalten oder wir mussten hinterher Holzapfels Sachen woanders hinräumen.

»An einem Sonntag ...«, sagte ich. Und stand auf. Und indem ich aufstand, an Esther vorbeiging und mich hinter sie stellte, trat ich in die Geschichte eines anderen ein. Ich wollte jetzt nicht der sein, der ich damals in Wirklichkeit war, mit sechzehn, an jenem Sonntag ...
Sie drehte den Kopf, aber ich sagte: »Zuhören können Sie auch so. Es dauert nicht lang.«
Sie lehnte sich zurück und legte den Kopf ein wenig schief.
»An einem Sonntag forderte mein Vater mich auf mich hinzusetzen. In der Küche. Ich setzte mich. Er fing an zu sprechen. Und bevor ich begriff, worum es ging, war er schon fertig. Wahrscheinlich war ich vom ersten Wort an so geschockt über das, was er sagte, dass es sofort dunkel wurde in meinem Kopf und die Sätze an meinen Ohren abprallten wie an geschlossenen Türen. Ich sah ihn an, ich kann noch heute sein Gesicht sehen, ein Gesicht mit wässrigen Augen, und der Mund ging auf und zu, und ich saß vor ihm, er sprach auf mich herunter, und wann immer ich seither an diese Szene denke, höre ich nichts. Es ist, als dächte ich an einen Stummfilm, als sähe ich Bilder, aber niemand spricht dazu, obwohl ich die Mundbewegungen ganz deutlich erkennen kann.«
Wortlos schob ich meinen Unterkiefer hin und her. Mit geschlossenen Augen. Als würde ich mit Schweigen einen Monolog synchronisieren. Und dann musste ich an Jeremias Holzapfel denken. Auch er hatte seinen Mund eigenartig bewegt, wie jemand, der seine Gesichtsmuskeln nicht unter Kontrolle hat.
Eilig fuhr ich mit der Geschichte jenes anderen fort, der ich jetzt nicht sein wollte: »Er küsste mich, und Tränen liefen ihm übers Gesicht. Wie damals, als meine Mutter starb. Anschließend ging ich in mein Zimmer und blieb dort. Ich war wie gesagt sechzehn, aber im Gegensatz zu meinen Freunden hatte ich noch keine Freundin, Partys interessierten mich nicht besonders, und geredet habe ich auch nicht gern. Ich fand, dass fast alles, was ich sagte, entweder falsch oder blöde war. An jenem Nachmittag kamen mein Onkel Wilhelm und seine Frau Elisabeth, Willi und Lisbeth, zu mir und erklärten mir, mein Vater sei weggegangen. Da fiel mir ein,

was er in der Küche zu mir gesagt hatte, und ich lief hinüber, und die Küche war menschenleer. Nur eine Jacke hing über dem Stuhl, seine Lederjacke. Und auf dem Tisch lag ein Brief, ein Blatt Papier, auf dem stand: ›Lieber Tabor‹. Das war ich. Ich nahm den Brief aber nicht. Sondern ich zog die Lederjacke an, die mir viel zu groß war, sie roch nach dem Rasierwasser meines Vaters, sie war schwer, und ich fühlte mich sofort sicher in ihr. Wie beschützt. Ich drehte mich um, und da stand Willi und reichte mir eine Flasche Bier. Ich trank sie aus, steckte den Brief ein und verließ das Haus. Lisbeth und Willi wollten mich begleiten, aber ich rannte davon. In der Kneipe, in der sich die Jugendlichen des Dorfes trafen, trank ich ein zweites Bier und dann ging ich hinunter zum See, um den Brief zu lesen.«

Erst jetzt machte ich die Augen wieder auf. Esther hatte sich umgedreht und sah mich an. Das war mir unangenehm.

»Der Mann ist immer noch verschwunden«, sagte ich. »Angeblich wollte er nach Amerika. Bisher haben alle meine Nachforschungen nichts ergeben. Die Kollegen drüben waren sehr hilfsbereit.«

»Sie werden ihn finden«, sagte Esther Kolb.

Ich sagte: »Wir haben aufgehört ihn zu suchen.« Und fügte hinzu: »Er ist nicht als vermisst gemeldet.«

»Wie Jerry.«

Ich ging zu dem Stoffstuhl mit den breiten Lehnen und nahm die Bierflasche, die ich auf den Teppich gestellt hatte. Ich trank die Flasche in einem Zug aus.

»Sie haben ihn verpasst«, sagte Esther. »Ich hatte ihn nicht erwartet, es klingelte, ich machte auf ... Im Bahnhof war ich mir nicht sicher gewesen, ich hab ihn lange nicht mehr gesehen ... Jerry ...«

»Waren Sie befreundet mit ihm?«

»Das auch. Aber vor allem hatten wir ein Verhältnis. Wenn er zu mir kam, dann meistens nachts, mal mehr, mal weniger angetrunken. Und dann gingen wir gleich ins Bett, ohne bürgerliche Warteschleife ...«

»Wann war das?«, fragte ich. Bei passender Gelegenheit wollte ich mir noch ein Bier holen.

»Kennengelernt haben wir uns ... ja, ist fast zehn Jahre her, ich hatte damals ein kleines Restaurant mit meinem Exmann, wir waren Partner. Bis ich merkte, dass wir total verschuldet waren ... Ist vorbei. Jerry kam manchmal zum Essen zu uns, er flirtete die ganze Zeit mit mir. Und er hatte eine schöne Stimme. Irgendwann hab ich ihn dann im Radio gehört und das sagte ich ihm auch, er freute sich darüber. Er war auch da, als wir unseren letzten Abend gegeben haben, Rolf, mein Exmann, unsere Köche und ich. Und danach haben wir uns verabredet, Jerry und ich ...«
»Wo wohnte er damals?«
»Im Westend, in dem Hochhaus überm Karstadt.«
»Waren Sie mal da?«
»Nein. Er wohnte doch mit seiner Frau dort. Er kam zu mir. War mir auch recht. Ich hab diese Wohnung hier gemietet, weil ich den Stadtteil mag, das Haus ist natürlich nicht so schön.«
»Es sieht aus wie der Racheakt eines Architekten«, sagte ich.
»So furchtbar ist es auch wieder nicht.«
»Kann ich noch ein Bier haben?«
»Bringen Sie mir auch eins mit!«
Ich holte das Bier und wir stießen mit den Flaschen an.
»Und heut Nacht taucht er plötzlich hier auf, es war drei ungefähr, ich hab schon geschlafen. Zuerst dachte ich, es ist Elsa, eine junge Frau, die bei mir arbeitet, die hat Probleme mit ihrem Kerl, der schlägt sie, und sie hat schon ein paarmal hier übernachtet. Aber es war Jerry. Und als ich ihn sah, wusste ich, dass er das war im Bahnhof.«
»Was für ein Zufall!«, sagte ich.
»Ja«, sagte sie und klopfte mit dem Flaschenhals an ihr Kinn. »Es war Zufall, dass wir uns im Bahnhof über den Weg gelaufen sind. Aber ich glaube nicht, dass es Zufall war, dass er mir eine verpasst hat, der alte Jerry.«
»Haben Sie mit ihm gesprochen?«
»Gesprochen?« Sie tippte sich mit der Flasche an die Stirn. »Mit dem kann man nicht sprechen, keine Ahnung, was mit ihm los ist. Vielleicht ist er verrückt geworden. Alles, was er gesagt hat, war, er sei wieder da. Natürlich hab ich gedacht,

er will vögeln, wie früher, was sonst? Aber das wollte er nicht. Und jetzt passen Sie auf: Er kam also rein, schaute sich um, ging ins Schlafzimmer, legte sich aufs Bett, wo ich gerade gelegen und fest geschlafen hatte, und eine Minute später fing er an zu schnarchen. Wie finden Sie das?«

»Konsequent.«

»Bitte?«

»Er war müde«, sagte ich. »Endlich hatte er ein Bett gefunden, in dem er sich wohl fühlte.«

»Interessanter Aspekt«, sagte Esther und trank. »Ich hab dann auf der Couch hier geschlafen. Heut Morgen hab ich einen Blick ins Schlafzimmer geworfen und er schlief immer noch. Ich hab mich angezogen und bin zum Bäcker gegangen, wo ich immer meinen Morgenkaffee trinke, und das hab ich auch heut früh getan. Dann hab ich zwei Brezen und Milch gekauft, weil ich dachte, vielleicht will er frühstücken. Als ich nach Hause kam, lagen die Sachen auf dem Bett, und Jerry war verschwunden. Er hat eine Hose von mir angezogen, einen Pullover, irgendwelche alten Turnschuhe und meinen Friesennerz mitgenommen.«

»Was?«

»Den hab ich mir für die Nordsee gekauft, ich fahr da oft hin, besonders im Spätherbst, da braucht man so eine Ölzeugjacke, die hilft gegen das Wetter dort.«

»Und diese Jacke ist gelb?«, fragte ich.

Sie sagte: »Gibts die auch in anderen Farben?«

»Das bedeutet«, sagte ich, »Jeremias Holzapfel ist in einer gelben Ölzeugjacke in der Stadt unterwegs? An einem sonnigen warmen Tag wie heute?«

»Ist bestimmt ein lustiger Anblick«, sagte Esther.

6 Näher kamen wir uns nicht. Wir verließen das Haus und stiegen in Esthers blauen Saab.
Holzapfels Sachen lagen nach wie vor auf dem Bett. Ich war noch einmal ins Schlafzimmer gegangen und hatte mich umgesehen. Wie die unheimliche Hülle eines unsichtbar gewordenen Menschen wirkten das Blouson, die Hose, das Hemd, und ich fragte mich, warum er sich umgezogen hatte. Und warum er dazu eine Frau aufgesucht hatte, mit der er vor zehn Jahren befreundet war und zu der er keinen Kontakt mehr hatte. Und wo hatte er sich den gestrigen Tag über aufgehalten? Und wo war er jetzt?
Und was war es, das mich zwang, in diesem Schlafzimmer zu stehen und ein ungemachtes Bett anzustarren? Ich hörte, wie Esther hinter mir mit dem Hausschlüssel klirrte, ich drehte den Kopf. Aber ich schaute sie nicht an. Ich schaute an ihr vorbei oder durch sie hindurch.
Und da begriff ich, warum ich hier war. Warum ich diesem Mann hinterherlief, obwohl ich scheinbar nichts mit ihm zu tun hatte, weder privat noch beruflich.
Vollkommen falsch.
Wegen ihm hatte ich vorhin die Geschichte vom Abschied meines Vaters erzählt. Wegen ihm war ich bereit gewesen, einen fremden Menschen in meine Welt zu lassen, ohne jede Absicht, ohne einen einzigen Gedanken an Vorsicht. Durch den Anblick der zerknitterten alten Kleidungsstücke auf dem weißen Bett wurde mir klar, wie wenig ich bisher über diesen verwirrten Schauspieler nachgedacht, wie wenig ernst ich seine Situation genommen, wie wenig ich von seinem Zustand begriffen hatte. Was mich veranlasst hatte ihm zuzuhören, ihn zu verfolgen, Personen zu befragen, so zu tun, als würde ich tatsächlich an einem Fall recherchieren, obwohl ich wusste, dass es sich um keine typische Vermissung handelte – all das geschah nicht aus Interesse, nicht einmal aus Neugier, wie ich mir einredete. Vom ersten Moment an hatte ich in der Person des Jeremias Holzapfel den Mann gesehen, der zurückgekommen war. Mit seinem Auftauchen

war etwas wirklich geworden, das bisher wie ein Schattengebilde in meiner Vorstellung existiert hatte, eine Bedrohung, ein Schmerz, eine Sehnsucht.
Dieser Mann, der behauptete vermisst worden zu sein, hatte die Wahrheit gesagt. Auch wenn es nicht seine Freunde oder seine Exfrau waren, die gewünscht hatten, dass er zurückkommt.
Der Grund, warum ich hier war, auf der Rückbank von Esthers Auto, frei von dienstlichen Verpflichtungen und doch mitten in einer Suche, war Holzapfels Entscheidung gewesen, seine Kleider zu wechseln und sie auf dem Bett einer ehemaligen Geliebten liegen zu lassen.
Ich wollte, dass dieser Mann seine Sachen wieder anzog. Ich wollte, dass er nicht in fremder Kleidung herumlief. Ich wollte ihn finden, um mich zu vergewissern, dass er in der Gegenwart angelangt und erwünscht war.
Wie wenig es ihm selbst gerade darum ging, merkte ich erst spät, am Ende meiner fanatischen Suche. Mir aber kam der Weg dorthin wie ein Überlebenstraining in einer von Finsternis überfluteten Landschaft vor. Im Nachhinein bewunderte ich meinen Mut.
»Woran denken Sie?«, fragte Esther Kolb.
»Der Ohrring«, sagte ich, »ist der ein Geschenk von Ihnen?«
»Er trug ihn schon, als wir uns kennenlernten«, sagte sie.
»Seine Frau hat ihm den Ring geschenkt, glaube ich.«
»Als Sie ein Verhältnis mit ihm hatten, war er noch verheiratet.«
»Hab ich doch gesagt. Er wohnte mit ihr in dem Hochhaus.«
»In einem Einzimmerappartement?«
»Was?«
»Sie waren nie dort?«
»Haben Sie Alzheimer? Ich war nicht dort!«, sagte sie.
»Was für ein Einzimmerappartement?«
»Wusste seine Frau davon?«, fragte ich.
Sie sah in den Rückspiegel, lächelte kurz und konzentrierte sich wieder auf den Stau, der sich in der Brudermühlstraße gebildet hatte.
»Kennen Sie eine Frau namens Inge Hrubesch?«

Esther stellte das Radio leiser, in dem ständig neue Berichte über bewaffnete Auseinandersetzungen im Nahen Osten kamen.
»Ich hab von ihr gehört«, sagte sie.
»Kennen Sie sie?«
»Nein.«
Auch im Trappentreu-Tunnel standen die Fahrzeuge und ich legte mich flach auf die Rückbank. Esther drehte sich zu mir um.
»Müde?«, fragte sie.
»Im Gegenteil.«
Sie wandte sich wieder nach vorn. Es kam mir vor, als würde die Luft in dem Saab schwer auf mir lasten und dabei immer weniger werden. Ich fing an zu schwitzen. Knöpfte mir das Hemd auf und summte vor mich hin. Wir kamen zehn Meter vorwärts.
»Jerry hatte immer Freundinnen in seiner Ehe«, sagte Esther. »Er hat mit zweiundzwanzig oder dreiundzwanzig geheiratet, glaube ich. Clarissa. Seitdem waren sie zusammen. Und sie kannten sich auch schon vorher. Kein Mensch kann so lange treu sein. Haben Sie mit Clarissa gesprochen?«
Ich lag auf dem Rücken, die Arme an den Körper gepresst, das Hemd bis zum Nabel geöffnet, die Augen fest geschlossen. Was nichts nützte. Mein Herz trommelte und die Stimmen aus dem Radio, so leise sie waren, klangen bedrohlich. Ich atmete mit weit aufgerissenem Mund.
»Wir haben es gleich geschafft«, sagte Esther.
Ich wollte sagen: Ich ersticke. Brachte aber kein Wort heraus. Meine Stimme war schon zerbröselt und der Rest meines Körpers zerfiel langsam.
Plötzlich riss Esther das Lenkrad herum, drängte den Wagen neben uns auf die rechte Spur, überholte hupend einen Motorradfahrer und raste in die Ausfahrt Richtung Sendling. Ich richtete mich auf und sah, wie sie mehrere Autos beinahe an die Wand drückte. Die Fahrer waren so erschrocken, dass sie tatsächlich Platz machten, wie für einen Notarztwagen.
Endlich wieder im Tageslicht, setzte ich mich aufrecht hin.
»Soll ich das Fenster öffnen?«, fragte Esther.

»Unbedingt.«
Dann hielt sie am Straßenrand an. »Wollen Sie aussteigen?«
»Ja.«
Draußen legte ich den Kopf in den Nacken und streckte die Arme in die Höhe. Wolken zogen vorüber. Ein kühler Wind wehte, die Sonne brannte nicht mehr.
Esther lehnte an der offenen Wagentür. Als ich den Kopf senkte, sah sie mich an, wie sie es schon öfter getan hatte.
Ich sagte: »Ich muss ganz von vorn anfangen.«
»Soll ich sie hinbringen?«, fragte sie.
Für einen Moment dachte ich, sie wisse wirklich, was ich meinte.
»Nein«, sagte ich. »Ich finde allein hin.«
Esther sagte: »Ich arbeite bis eins, dann räum ich bis halb zwei auf. Erinnern Sie sich noch an die Adresse?«
»Ja«, sagte ich.
»Vielleicht möchten Sie später noch ein Bier trinken.«
»Möglich«, sagte ich.
Bevor ich endlich mein Hemd zuknöpfte, küsste sie mich auf den Mund, worüber ich erschrak. Das gefiel ihr.
»Viel Glück!«, sagte sie.
Ich wartete, bis sie weggefahren war, dann machte ich mich auf den Weg ...

... zu einer weiteren Frau, die mich nicht empfangen, nicht mit mir sprechen, mich für einen Verrückten halten würde.
Und als sie mir die Tür öffnete, kam es mir vor, als habe sie mich erwartet.
»Mögen Sie Rioja?«, fragte Clarissa Holzapfel.
Es war kurz nach ein Uhr mittags, und es gab keinen Grund, keinen Rotwein zu trinken.
Clarissa war Mitte vierzig, hatte halblange blonde Haare und sah aus wie eine Nachrichtensprecherin im Fernsehen. In Wahrheit war sie Chefredakteurin eines lokalen Privatsenders und Besitzerin von drei Handys, die vor ihr auf dem Tisch lagen.
Durch das offene Fenster drang Straßenlärm herein, ziemlich laut, den Clarissa nicht mehr zu hören schien. Sie saß

auf einer kleinen roten Couch und prostete mir zu. Vielleicht waren ihre Kontaktlinsen verschmutzt. Oder sie hatte eine Entzündung der Netzhaut. Oder die Flasche auf dem Tisch war nicht ihre erste für heute.
Aber sie machte keinen betrunkenen Eindruck. Sie machte den Eindruck von jemandem, der sich jeden Satz genau überlegte. Und der den ganzen Vormittag damit verbracht hatte nachzudenken. Und zwar allein.
»Schmeckt Ihnen der Wein?«, sagte sie.
»Ja«, sagte ich. »Wie gehts Ihnen?«
Ein Ausdruck von Verwirrung huschte über ihr Gesicht. Und bevor sie verärgert wurde, weil sie vermutete, ich hätte auf ihr Trinken angespielt, sagte ich: »Machen Sie sich Sorgen um Ihren Exmann?«
Sie nickte. Fuhr mit dem Daumen sehr langsam über den Rand des Glases.
»Er war nicht hier. Mein Freund hat mir erzählt, Sie hätten ihn verhört …«
Ich sagte: »Ich verhöre nicht.«
»Ist ja auch egal«, sagte sie.
»Ich weiß nicht, was passiert ist. Jeremias ist als vermisst gemeldet worden? Von wem? Und wo ist er jetzt?«
»Ich bin hier, weil ich das wissen möchte.«
»Warum …« Sie trank und stellte das Glas akurat auf das blaue runde Deckchen. »Warum möchten Sie das wissen, Herr …«
»Süden.«
»Sie sind von der Mordkommission?«
»Vermisstenstelle.«
»Klar, Sie suchen ja meinen Exmann. Aber wer hat ihn als vermisst gemeldet, das hab ich noch nicht verstanden. Inge?«
»Seine Freundin?«, sagte ich.
»Das weiß ich nicht, ob sie noch seine Freundin ist.«
»Niemand hat ihn als vermisst gemeldet, er ist plötzlich aufgetaucht und hat erklärt, er wär jetzt wieder da.«
»Ja?«, sagte sie und runzelte die Stirn. Offenbar dachte sie mehr und mehr, ich würde ein Spiel mit ihr treiben, das sie nicht durchschaute.

»Haben Sie eine Erklärung dafür?«
»Wofür?«
Ich beugte mich vor und stellte mein Glas auf den Tisch. Dann stand ich auf, ging zum Fenster und sah auf die viel befahrene Straße und die Kreuzung hinunter, wo abbiegende Autos die Tram blockierten. Und der Straßenbahnfahrer, als wäre er tatsächlich überzeugt, er würde damit etwas erreichen, drückte unermüdlich auf die schnarrende Klingel.
Ich drehte mich zu Clarissa um. Sie hatte den Kopf gesenkt.
»Ist Ihr Exmann krank?«, fragte ich.
»Das weiß ich nicht«, sagte sie, den Blick noch immer auf ihr Weinglas gerichtet. »Erklären Sie mir, was passiert ist!«
»Das kann ich nicht«, sagte ich.
Sie biss sich auf die Unterlippe, trank ihr Glas aus und sah zur Tür, die in den Flur hinausführte.
Auf der Straße hatte das Klingeln aufgehört. Vor dem Haus war eine Haltestelle der Linie, mit der ich hergekommen war, nachdem ich mich von Esther verabschiedet hatte und mit dem Taxi zum Sendlinger Tor gefahren war. Eine kurze Strecke, die den Taxifahrer fabelhaft geärgert hatte.
»Wann haben Sie Ihren Exmann zum letzten Mal gesehen?«
»Das weiß ich nicht!«, sagte sie laut.
Ich verschränkte die Arme vor der Brust.
»Ungefähr«, sagte ich.
»Vor zwei Jahren«, sagte sie.
Ich schwieg.
Es blieb ihr nichts, als mich anzusehen. Ich schwieg weiter. In der Art, wie sie »vor zwei Jahren« gesagt hatte, war ein neuer Ton.
»Was war vor zwei Jahren?«, fragte ich.
Sie sagte: »Wir haben uns zufällig in der Stadt getroffen, beim Einkaufen, wir sind einen Kaffee trinken gegangen, das war alles.«
»Worüber haben Sie gesprochen?«
»Das weiß ich doch jetzt nicht mehr!«, sagte sie ebenso nachdrücklich wie vorhin.
»Wie ging es Ihrem Exmann damals?«

»Gut.«
Gut. Schnitt. Schweigen. Ich blickte zur gegenüberliegenden Wand, wo eine Vitrine mit Gläsern und Geschirr stand, darauf eine kleine Vase.
Gut.
Sie hatte ihn nicht vor zwei Jahren gesehen. Sondern später. Vielleicht erst vor kurzem. Sicherlich sogar.
»Wo ist Herr Schulze?«, fragte ich.
Sie hob ihr Glas. »In seinem Büro.« Sie trank. Ich ging zum Tisch und nahm die Flasche.
»Wollen Sie mich betrunken machen?«, fragte Clarissa.
Ich zog den Korken aus der Flasche.
»Was hat Ihnen Herr Schulze über meinen Besuch erzählt?«
Sie hielt mir das Glas hin, und ich schenkte nach.
»Er sagte, dass ein Spinner von Polizist ihn wegen Jeremias verhört hat.«
Ich sagte wieder: »Ich verhöre nicht.«
»Mein Freund hat es aber so empfunden.«
»Sonst haben Sie nichts geredet?«
»Wir reden zur Zeit nicht sehr viel miteinander.«
Vielleicht weil wir beide nicht genau wussten, was wir in diesem Moment tun sollten, stießen wir an. Wortlos.
Mein Glas war leer, und Clarissa zeigte auf die Flasche, die ebenfalls fast leer war, und ich goss den Rest in mein Glas.
»Wo könnte er sein?«, fragte ich.
Sie schüttelte den Kopf.
»Warum steht an der Wohnung auf der Theresienhöhe Ihr Name?«
Sie lachte kurz auf. »Waren Sie dort?«, sagte sie.
»Ja. Frau Bast behauptet, es sei eine Steuersache. Sie hätten ihr das gesagt. Ich verstehe nichts davon, ich bin Beamter, meine Steuern werden jeden Monat abgezogen. Um welche Steuersache handelt es sich da?«
Sie stand auf, nahm die Flasche und ging aus dem Zimmer.
Als sie zurückkam, saß ich auf ihrem Platz auf der roten Couch. Sie stutzte, umfasste die Weinflasche, die sie mitgebracht hatte, mit beiden Händen. Wenn jemand nicht gut log, hatte ich Freude daran, ihn aus der Fassung zu bringen, auch

mit minimalen Mitteln. Clarissa hatte die Flasche bereits in der Küche geöffnet, nun beugte sie sich über den Tisch um einzuschenken.

»Frau Bast ist vor einem Jahr eingezogen«, sagte ich. »Ich habe die Verträge gesehen. Sie vermieten Ihre Wohnung und bitten die Mieterin, ihren Namen nicht an Klingel und Tür zu machen. Haben Sie ihr Geld dafür geboten?« Clarissa stand vor dem Tisch, das Weinglas in der Hand, und rang um eine Antwort.

»Nein«, sagte sie und setzte sich auf den Stuhl, auf dem ich vorhin gesessen hatte. »Wir haben ihr kein Geld gegeben, sie hat es freiwillig gemacht.«

»Und warum?«

Sie stellte das Glas hinter sich aufs Fensterbrett. »Das geht Sie nichts an.«

»Doch«, sagte ich.

Wir schwiegen. Ich knöpfte mein Hemd bis zum Hals zu und genoss die Trunkenheit, die allmählich einsetzte.

»Was genau wollen Sie eigentlich von mir?« Endlich hatte sie die entscheidende Frage gestellt.

»Ich will, dass Sie mir sagen, wo sich Jeremias Holzapfel aufhält.«

»Wieso denn?«

»Das geht Sie nichts an.«

»Doch.«

Vielleicht sollten wir uns in einer Stunde wieder treffen. Wenn uns neue Worte einfielen.

Ein kalter Wind wehte herein. Es wurde dunkler draußen.

»Die Wohnung«, sagte Clarissa, »lief immer auf meinen Namen, ich hab sie gekauft, meine Mutter hat mir Geld vererbt. Was sollt ich damit anfangen? Ins Kopfkissen stopfen? Ich hab Steuern damit gespart, was denn sonst?«

»Das interessiert mich nicht!«, schrie ich sie an.

Wie elektrisiert zuckte sie zusammen.

Ich schrie weiter: »Ich will wissen, warum Ihr Name immer noch dort steht! Und warum Ihr Exmann kopflos durch die Stadt rennt! Und warum Sie so tun, als wären Sie blöd!«

Ich hatte ihr nicht ins Gesicht geschrien, sondern in Richtung Flurtür, und das erschreckte sie offenbar doppelt. Ich sah, wie ihr Bauch sich bewegte und wie viel Mühe es sie kostete kein Wort zu erwidern. Vermutlich hätte sie am liebsten zurückgebrüllt, und ich stellte mir vor, wie sie reagiert hätte, wenn ich ihr Freund gewesen wäre.
»Warum ist Ihr Exmann so geworden?«, sagte ich in normalem Tonfall.
Sie schaffte es, einen Schluck zu trinken, doch ihre Hand zitterte so, dass sie unfähig war, das Glas abzustellen. Sie musste es mit beiden Händen festhalten.
»Ich hätt Sie nicht reinlassen sollen«, sagte sie.
Mittlerweile beruhigte sie sich wieder.
»Das stimmt«, sagte ich.
Minuten vergingen. Wir tranken unsere Gläser leer. Unverändert drang der Lärm der Straße herein. Der Wind war noch kälter geworden. Wir hörten das Rauschen der Bäume. Und dann, von fern, Regen auf Asphalt.
Das Klirren des Glases, das Clarissa auf den Tisch stellte, neben das blaue Deckchen, ließ mich den Kopf heben.
»Mein Exmann«, sagte sie, »hat nie wirklich gelebt. Er stand morgens auf und stellte sich vor, er betritt eine Bühne. Den ganzen Tag verbrachte er als Darsteller. Und er stellte sich vor, alle Leute um ihn herum sind auch Darsteller. Und der ganze Tag ist eine Inszenierung. Bis er ins Bett geht. Und von mir sagte er immer, ich wär seine Hauptdarstellerin. Aber ich war keine Hauptdarstellerin. Ich war nicht einmal eine Darstellerin. Ich war echt. Klar? Und er sagte, das macht ihm nichts aus, ich soll ihn nur sein lassen, er stört mich doch nicht. Aber das tat er. Das tat er. Und irgendwann ist er dann runtergestürzt von seiner Bühne. Irgendwann hat er zu viel gespielt. Oder falsch? Egal. Er ist aus seiner eigenen Inszenierung rausgefallen. Er hat einen Fehler gemacht, vielleicht hatte er nicht gut genug geprobt.«
Sie lachte mich an. Lautlos.
»Und dann kapierte er, dass er allein war. Und dass es die Welt, die er sich vorgestellt hatte, nicht gab. Die Welt, in die er gestürzt war, kannte ihn nicht, und er kannte die Welt nicht.

Jeremias Holzapfel existierte auf einmal nicht mehr. Und jemand …«
Sie zeigte mit dem Glas, das sie ausgetrunken hatte, auf mich.
»Jemand, der nicht existiert, kann niemals vermisst werden. Das ist vollkommen logisch, Herr Süden.«

7

Wir tranken eine zweite Flasche Wein. Manchmal sah sie auf die Uhr, dachte nach, sah ein zweites Mal auf die Uhr und hob ihr Glas.
»Ich hab heute frei«, sagte sie.
Ich sagte: »Und ich hab Urlaub.«
Sie betrachtete eine Weile ihr Glas.
»Warum sind Sie dann hier?«, sagte sie dann.
Ich sagte nichts.
»Sind Sie ein Überstundenfanatiker?«
Womöglich hatte sie Recht. Anstatt Überstunden abzubauen, sammelte ich neue.
»Auf jeden Fall können wir dann ja beschwingt weitertrinken«, sagte sie.
»Wann kommt Ihr Freund?«
»Wollen Sie ihn wieder verhören?«
Ich erwiderte nichts.
Sie schwieg.
Beim Einschenken sagte sie: »Nachdem wir aus dem Gerichtsgebäude raus waren und jeder seiner Wege ging, hatte ich an der nächsten Straßenecke schon vergessen, dass ich mal verheiratet war.«
Sie trank. »Können Sie sich das vorstellen?«
»Ja.«
Sie glaubte mir nicht.
»Wann war das?«, fragte ich.
»Vier Jahre her, etwa.« Für einen Moment wurde ihr Blick verschwommen, und sie brachte ihn nicht schnell genug unter Kontrolle. Sie begriff, dass ich es bemerkt hatte, sagte aber nichts.
Ich sagte: »Ich muss was notieren.«
Sie nickte.
Ich zog meinen kleinen karierten Block und den Kugelschreiber aus der Hemdtasche. In einer Stunde würde ich nicht mehr in der Lage sein etwas aufzuschreiben, außerdem hätte ich dann sowieso alles vergessen.
»Entschuldigen Sie mich.«

Clarissa Holzapfel stand auf, strich sich den Rock glatt und wankte durchs Zimmer. Sie gab sich Mühe gerade zu gehen, doch mehr als die Schultern zu straffen, schaffte sie nicht. Ein paar Sekunden musste sie sich sogar am Türrahmen abstützen. Dann hörte ich, wie sie die Badezimmertür von innen verriegelte, und ich hörte den Toilettendeckel gegen den Spülbehälter krachen.
Vor vier Jahren hatte Clarissa sich scheiden lassen. Vor vier Jahren beendete Holzapfel seine Arbeit beim Rundfunk, angeblich wegen Alkoholproblemen, Frauengeschichten und internen Auseinandersetzungen. Zu dieser Zeit hatte er bereits ein Verhältnis mit Esther Kolb. Und mit einer anderen Frau, Inge Hrubesch, mit der er anscheinend enger befreundet war, da Esther sie kannte, zumindest dem Namen nach. Und bevor sich das Ehepaar Holzapfel trennte, lebte es vermutlich gemeinsam in der Wohnung, unter deren Adresse Jeremias gemeldet war, obwohl Clarissa das Appartement offiziell vermietet hatte. Vor zwei Jahren, behauptete sie, habe sie ihren Exmann zum letzten Mal gesehen.
»Hallo«, sagte sie, als sie ins Zimmer zurückkam.
»Grüß Gott«, sagte ich.
»Haben Sie Hunger?«
»Ja«, sagte ich. »Aber ich habe keine Lust zu essen.«
»So wie ich.«
Sie ließ sich neben mich auf die Couch fallen. Stöhnte. Blickte zum Stuhl, in dem sie gesessen hatte.
Ich stand auf, nahm mein Glas und setzte mich in den Stuhl.
»Haben Sie Angst vor mir?«, fragte sie.
»Nein.«
»Warum setzen Sie sich dann weg?«
»Haben Sie und Ihr Exmann früher in dem Appartement gewohnt?«, fragte ich.
Sie brauchte eine Weile, bis ihr einfiel, welches Appartement ich meinte.
»Nein.« Sie betrachtete die Weinflasche, hielt sie mir hin. Ich musste aufstehen, um mir einzuschenken. »Wir wohnten in dem Hochhaus. Und als meine Mutter mir das Geld vererbte,

hab ich mich umgehört. Und zufällig wurde im Haus eine Wohnung zum Kauf angeboten.«

»Wann?«

»Ist mindestens zehn Jahre her.«

»Und nach der Trennung vor vier Jahren ist Ihr Mann in das Appartement gezogen?«

Sie winkte ab und sah auf die Uhr. »Der hat nie darin gewohnt.«

»Aber er ist dort gemeldet.«

Sie fing an sich mit Zeige-und Mittelfinger die Schläfen zu massieren.

Ich stand auf, drehte mich zum offenen Fenster um und sog die kühle Luft ein. Es regnete in Strömen. Am westlichen Himmel versank das letzte Licht in schmutzigem Grau.

Ich setzte mich wieder. »Wo ist er hingezogen, nachdem Sie sich getrennt hatten?«

»Zu seiner Freundin Inge.«

»Inge Hrubesch.«

»Sie hat eine große Wohnung.«

»Und dort wohnt er immer noch?«, fragte ich.

»Ich glaube schon.«

»Und warum hat er sich unter einer falschen Adresse beim Meldeamt eintragen lassen?«

»Falsche Adresse!«, sagte Clarissa, als mache sie die Formulierung wütend. Sie goss sich nach, trank einen Schluck, trank noch einen Schluck und stellte das Glas mit einem Klacken auf den Tisch. »Was ist daran falsch? Er hats halt getan. Er ist halt lieber im Westend gemeldet.«

»Sie haben davon gewusst.«

»Ja!«, sagte sie laut. »Verhaften Sie mich jetzt?«

»Warum hat er das getan?« Ich beugte mich vor, strich mir die Haare aus dem Gesicht, nestelte am Gürtel meiner Hose, die mir zu eng war. Sie passte mir immer weniger, mein Bauch hatte keinen Platz mehr. Es war längst Zeit mir eine neue Hose zu kaufen, aber ich weigerte mich. Und ein Loch am Gürtel war noch frei. Und ich konnte den obersten Knopf öffnen. Was ich im Augenblick nicht tun wollte, da Clarissa mir genau zwischen die Beine schaute. Ich stützte die Arme auf den Oberschenkeln ab und faltete die Hände. Vornübergebeugt wiederholte ich meine Frage.

»Warum hat er das getan?«

Sie grinste abfällig.

»Haben Sie wegen ihm das Namensschild anbringen lassen?«

Sie lehnte sich zurück. Sie sah erschöpft aus. Mit aller Kraft versuchte sie, trotz ihrer Trunkenheit kein Wort zu sagen, das sie hinterher bereuen würde, und meine Fragen so oft wie möglich in ihrem Kopf zu wiederholen.

»Ich hab das nicht gewusst ...« Sie legte ihre linke Hand flach auf den Bauch. Was ich beinah anmutig fand. »Er hat sich ... Verstehen Sie ...« Sie suchte nach zusammenhängenden Sätzen.

Ich sagte: »Kann ich noch ein Glas Wein haben?«

Sie schob die Flasche von sich weg. Ich beugte mich so weit wie möglich vor und streckte die Hand aus. Umständlich bekam ich die Flasche zu fassen, goss mein Glas unhöflich voll und stellte die Flasche auf den Boden. »Er hat sich abgemeldet, genau wie ich«, sagte Clarissa. »Er hat ... er hat mir erzählt, er hat sich in Haidhausen angemeldet, in der Wörthstraße, das ist da, wo seine Freundin wohnt. Aber er hat nicht ihre Adresse angegeben, sondern eine andere. Er wollte es einfach so, verstehen Sie? Ich weiß nicht, warum. Ich weiß nicht, warum. Er hat sich ordentlich umgemeldet und dann, ungefähr ein Jahr später, ist er wieder auf die Behörde gegangen und hat sich unter Theresienhöhe 6 c eintragen lassen. In Wirklichkeit wohnte er weiterhin bei seiner Freundin in Haidhausen. Und jetzt wollen Sie wissen, wieso jemand so was macht.«

»Er hat sich vor drei Jahren umgemeldet«, sagte ich. »Zu dieser Zeit wohnte jemand anderes in dem Appartement.«

»Natürlich, ich hab es dauernd vermietet. Das sind gute Einnahmen. Ich werd wahrscheinlich bei TV9 aufhören, das führt hier alles zu nichts, ewig derselbe lokale Kram, das interessiert mich nicht, ewig dieselben Schädel ...«

»Sie haben sich mit Ihrem Exmann getroffen«, sagte ich, »auch nach der Trennung.«

»Mein Gott!«, rief sie. »Er hat mich gerührt! Er hat mich immer gerührt! Das war ja das Problem! Ich wollt ihm helfen, immer schon, ich hab gedacht, ich krieg ihn irgendwie auf die Reihe, verstehen Sie? Ich wollt ihn nicht ändern, ich hab ihn unterstützt bei seiner Schauspielerei, ich hab ihn ermutigt ... Aber ich wollte, dass er die Realität zur Kenntnis nimmt, dass er aufhört, wie ein ... wie ein ... ein erwachsenes Kind rumzulaufen, das den ganzen Tag Spiele spielt ... Ich hab immer gedacht, irgendwann hört das auf, irgendwann hört er ... Er hat nicht aufgehört. Und dann traf ich ihn, und er sagt, er wohnt jetzt wieder im Hochhaus, und ich sag, ob er das gut findet nach allem, was passiert ist, und den ganzen Erinnerungen, und er sagt ... er sagt, er wohnt ja nicht wirklich dort, nur in den Erinnerungen, er führt jetzt das Leben von damals nochmal, aber besser, geschickter ... geschickter, sagte er, geschickter ...«
Sie weinte. Sie wollte es nicht, sie riss die Augen auf und presste die Hand fest auf ihren Bauch.
»So ein ... so ein Dummkopf! Ich hab gesagt, er soll damit aufhören, und er antwortet, das schadet doch niemandem, was er macht. Das hat er immer gesagt: Das schadet doch nicht. Das schadet doch nicht. Doch ...« Sie blinzelte und wischte sich mit der rechten Hand übers Gesicht. »Mir hat es geschadet, all die Jahre, ich war ... ich war ...«
Sie redete schneller und merkte es nicht.
»Ich war sechzehn und er ... er war einundzwanzig, da haben wir uns kennengelernt und wir sind zusammen geblieben all die Jahre ... Er ... er hatte andere Freundinnen, Frauen ... Er ist fremdgegangen, aber dann ... dann kam er immer wieder zurück, und ich hab ihn aufgenommen. Und wir sind zusammengezogen. Und wir haben zusammen gelebt. Und das hat funktioniert. Er hatte Engagements, er hat in Theatern gespielt, in Schwabing, am Theater 44, am Studiotheater, an anderen freien Bühnen, zwischendrin mal eine Saison in Nürnberg und in Stuttgart, auch kleinere Rollen im Fernsehen wurden ihm angeboten. Er ist ein guter Schauspieler ... er hat ... er hat ...«
Sie holte Luft, rieb sich über den Bauch, kniff die Augen zusammen.

»Er hat Geld verdient ... Ich hab auch gearbeitet, ich hatte die Einnahmen aus dem Appartement, wir hatten keine finanziellen Sorgen. Er spielte, er spielte, Jeremias spielte ...«
Sie senkte den Kopf.
Auf einem Regal entdeckte ich ein Päckchen Papiertaschentücher. Ich stand auf und brachte es ihr. Clarissa tupfte sich die Augen ab, schnäuzte sich und sah mich an.
»Sie sind gefährlich«, sagte sie.
»Nein«, sagte ich.
»Ich sag Ihnen Sachen, die Sie nichts angehen.«
»Das ist wahr«, sagte ich. »Aber die Sachen sind gut aufgehoben bei mir.«
»Sind Sie verheiratet?«
»Nein.«
»Mit wem reden Sie dann nach der Arbeit?«
»Mit niemandem. Manchmal mit meinem Freund.«
»Ach so«, sagte sie.
»Wir schlafen nicht zusammen. Ich bin mit ihm aufgewachsen.«
»Sie haben das so betont: mein Freund.« Sie trank ihr Glas leer. Ich schenkte ihr nach. Die Flasche war leer. »Er ist mein Freund«, sagte ich. »Wenn ich jemandem etwas erzähle, dann ihm. Was ist passiert, als Sie Ihrem Mann begegnet sind und er Ihnen mitgeteilt hat, dass er von nun an in seinen Erinnerungen leben will?«
»Ist das eigentlich ein Verhör hier?«, fragte sie.
Ich setzte mich. »Es gibt keine Verhöre bei der Polizei. Nur Vernehmungen.«
»Das klingt politisch korrekt.«
Wir schwiegen. Ich spürte den Wind in meinem Nacken. Das Geräusch des Regens war beruhigend. Wie spät es inzwischen war, wusste ich nicht. Ich war hungrig, betrunken und wach.
»Hat er Sie gebeten, den Namen an der Tür anzubringen?«, fragte ich.
Sie nickte.
»Und was sagte Ihr Freund dazu? Herr Schulze?«
»Herr Schulze sagte, ich würd spinnen. Herr Schulze sagte, er würd mir das verbieten. Ich sagte zu Herrn Schulze, er hat

mir überhaupt nichts zu verbieten. Ich bin zu der Vormieterin von Frau Bast gegangen und hab ihr erklärt, dass ich das Schild anbringen will, sie soll sich nicht weiter drum kümmern. Sie machte einen Aufstand, sie behauptete, sie habe ein Recht auf ihren eigenen Namen an der Tür. Hat sie nicht. Wir haben uns rumgestritten, sie hat einen Anwalt eingeschaltet, der hat auch nichts erreicht, und dann ist sie ausgezogen nach zwei Jahren. Sie hat lang nichts Neues gefunden. Selber schuld. Frau Bast war verständnisvoll, ich hab ihr was von der Steuer erzählt, dämliche Ausrede. Ich wollte Jeremias eine Freude machen.«

Als wäre sie plötzlich aus einem Trancezustand erwacht, sah sie mich mit entschlossener Miene an.

»Ich wollt ihm eine Freude machen, weil es mir das Herz gebrochen hätt, ihm den Wunsch nicht zu erfüllen. Er hat mich darum gebeten, und ich konnte nicht anders. Vielleicht ist er wirklich krank inzwischen, vielleicht wär ich besser mit ihm in eine Klinik gefahren, vielleicht hätt ich ... Ich habs einfach gemacht, verdammt, ich kenn ihn mein halbes Leben und ich mag ihn, ich mag ihn immer noch, und wenn er sein dämliches Namensschild haben will, soll ers haben!«

Sie machte eine abfällige Handbewegung, ließ sich gegen die Couchlehne fallen und zeigte auf die Weinflasche. »Vollkommen leer«, sagte sie.

Ich schaute die Flasche an, als würde sie sich dadurch füllen. Clarissa starrte ebenfalls eine Weile hin.

»Warum ist Ihr Mann von der Bühne gefallen?«, fragte ich.

Wie mechanisch nahm sie die leere Flasche, stand auf, hielt kurz inne, die freie Hand flach auf dem Bauch, ließ den Arm dann sinken und verließ das Zimmer.

Es dauerte etwa zehn Minuten, bis sie zurückkam. In dieser Zeit hatte ich aus der Küche kein einziges Geräusch gehört.

Clarissa brachte zwei kleine schlanke Gläser und eine Flasche Grappa mit. Sie goss die Gläser drei viertel voll, reichte mir eines und hob ihr Glas. Ohne ein Wort kippte sie den Schnaps runter, sah mich an und wartete, bis ich ebenfalls trank. Der Grappa hatte mindestens fünfzig Prozent.

»Deshalb ist mein Mann von der Bühne gefallen«, sagte Clarissa.
»Er hat getrunken!«
»Er hat nicht getrunken!«, schrie sie mir ins Gesicht.
»Er hat darin gebadet! Gebadet! Er hat die Wanne mit Rotwein voll gefüllt und sich reingesetzt. Können Sie sich das vorstellen? Er hat im Wein gebadet! Er hat sich einen billigen Fusel gekauft, um sich darin zu baden. Und danach hat er sich abgetrocknet, sich angezogen und die Wohnung verlassen.«
Sie schrie: »Können Sie sich vorstellen, wie jemand riecht, der in Rotwein gebadet hat?« Sie brüllte mir das Wort ins Gesicht: »Ge-ba-det!« Sie machte ein tschilpendes Geräusch, und ich dachte, sie würde mir ins Gesicht spucken.
»Ihr Exmann ist Alkoholiker?«, sagte ich.
Sie sah mich an, als wäre ich bunt vor Blödheit.
»Mein Mann ist kein Alkoholiker, er ist verrückt!«, brüllte sie. Dann stürzte sie zum Fenster und lehnte sich hinaus. »Verrückt!«, schrie sie gegen den Regen, fuhr herum, holte aus und schlug mir mit der flachen Hand ins Gesicht.
Der Schlag war hart und ich tastete mit der Zunge nach den Zähnen.
Wir standen uns gegenüber, sie mit dem Rücken zum Fenster, und ich sah hinter ihr eine Straßenlampe, die im Wind leicht schwankte.
Meine Wange brannte.
Ich goss Grappa in beide Gläser. Clarissa zitterte, als sie das Glas nahm. Wir tranken gleichzeitig.
»Und wenn er dann am nächsten Tag aufwachte, vorausgesetzt, er war vorher nach Hause gekommen und hatte nicht bei einer seiner Gespielinnen übernachtet, duschte er. Mit Wasser! Trank einen Eimer Kaffee, hockte in der Küche und wartete darauf, dass ich was sagte. Und wenn ich nichts sagte, wissen Sie, was er dann gesagt hat? Was er dann gesagt hat? Er sagte: Das schadet doch nicht. Das schadet doch niemandem. Ich hab jahrelang mit einem Verrückten gelebt und erst in den letzten zwei Jahren unserer Beziehung hab ichs kapiert.«

»Konnten Sie ihm nicht helfen?«, sagte ich. Und sah, wie sich ihre Augen wieder mit Tränen füllten. Aber sie wandte sich ab, stellte ihr Glas auf einen niedrigen Bücherschrank und kehrte mir den Rücken zu.
»Ich war bei einem Arzt, Jeremias wusste nichts davon, ich hab dem Arzt alles erzählt, er meinte, ich soll gemeinsam mit meinem Mann wiederkommen. Zwei Jahre später haben wir uns getrennt. Zwischendurch ging es ihm besser. Aber das Seltsame war ...« Jetzt sah sie mich an. »Wenn es ihm besser ging, hatte er Aussetzer, er verwechselte Termine, er vergaß, wann er jemanden getroffen hatte, er hatte Schwierigkeiten beim Textlernen, er verhaspelte sich beim Sprechen, nicht nur im Studio, auch privat ... Er ... er war ... Und er kam gar nicht auf die Idee, dass er krank sein könnte, schwer krank. Er dachte ... er dachte ... Ich weiß nicht, was er dachte ... Er machte sich keine Sorgen um sich, keine Sorgen, niemals ... Aber ich ...«
Wieder sah sie auf die Uhr, dann zur Tür, dann wieder auf die Uhr.
»Und Sie bleiben dabei, dass Sie ihn vor drei Jahren zum letzten Mal gesehen haben?«, fragte ich.
»Vor zwei Jahren«, sagte sie.
Es war nur ein mickriger Versuch gewesen sie zu testen.
So betrunken sie auch war, sie log immer noch.
»Ich bin verabredet, schon seit einer Stunde«, sagte sie.
»Unser Gespräch ist beendet.«
»Danke für Ihre Offenheit«, sagte ich.
Sie wandte sich ab.

8

Wenn ich Alkohol trank, geriet ich in einen Zustand von Selbstverlorenheit, den ich am nächsten Tag unfassbar fand. Ich wurde nicht laut oder aggressiv und selten versank ich in trostlosen Erinnerungen. Auch irrte ich nicht umher, taumelte nicht gegen Wände oder Menschen, redete nicht wirr oder grölte. Was mit mir passsierte war, dass ich mich in meinen Schatten verwandelte und davonstahl wie ein Dieb. Als hätte ich den Mann, dem ich meine Existenz als Schatten verdankte, seiner eigenen Existenz beraubt und ihn als einen Haufen Lumpen zurückgelassen, der nicht einmal als Vogelscheuche taugte, weil kein Vogel ihn bemerken würde.

Für diesen Zustand gab es keine andere Beschreibung, ich sah die Worte vor mir, als hätte ich sie aufgeschrieben, jedes Mal, wenn ich zu früh begonnen hatte zu trinken und es nicht schaffte aufzuhören. Und so wie das Tageslicht schwand, verschwand ich selbst, so schien mir, im Gefolge meines Schattens, in den ich mich schließlich bei Einbruch der Nacht ganz verwandelte. Ich gehörte dann nicht mehr mir. Fast war es, als wäre ich fähig, mir bei all dem zuzusehen, was ich tat, während ich noch mehr Alkohol trank und immer stärker außer mich geriet.

Obwohl ich mir einbildete, keinen Körper zu besitzen, vielleicht etwas anderes als ein Mensch zu sein, glühte ein unbändiges Verlangen in mir, ich gierte nach den Händen einer Frau, ihrem Duft, ihrem Schweiß, ihrem Schreien. Maßlos steigerte ich mich in eine ekstatische Anwesenheit hinein, das vollkommene Gegenteil meines tatsächlichen Verhaltens, das aus nichts weiter bestand als dazusitzen, die Hand zu heben, zu trinken und zu schweigen, in die Ecke gekauert, den Kopf auf die Faust gestützt. Jeder hielt mich für den üblichen Säufer, niemand erkannte mich.

In solchen Momenten sah ich manchmal eine Straße vor mir, keine bestimmte Straße, nur eine Straße, auf der man gut gehen konnte. Und ich wusste, wenn ich dieser Straße folgen würde, wenn ich den Mut hätte mich nicht zu fragen, ob ich an der nächsten Gabelung die Richtung ändern solle, dann

wäre ich fähig zu erkennen, wer ich wirklich war und was ich wirklich in dieser Welt wollte. Dann würde ich begreifen, warum meine Mutter gestorben und mein Vater verschwunden war, was die Gesänge bedeuteten, die ich in manchen Nächten in mir hörte, und welche Lehre ich aus der Einsamkeit zu ziehen hatte, die mich umgab, seit ich denken konnte.
»Höre«, sagte ich und begriff vage, dass ich mich im Fond eines Autos befand, an dessen Steuer Esther Kolb saß, »es ist eine Sache, sehen zu können, aber es ist ein viel größeres Geschenk, die Dinge sehen zu können, auf die es wirklich ankommt.«
»Wer sagt das?«, hörte ich eine Stimme von vorn.
»Ein indianischer Schamane«, sagte ich.
»Was hast du mit Schamanen zu tun?«
»Spielt keine Rolle jetzt.«
Als ich aufwachte, stand ich vor jener Missgeburt aus Beton. In den folgenden Stunden stürzten wir uns ineinander. Hinterher tastete ich meinen schweißnassen Körper nach Feuerstellen ab, die noch immer glühten. Esther lag neben mir auf dem Bauch, die Beine leicht gespreizt, und weil ich sie länger als drei Sekunden betrachtete, fiel ich noch einmal über sie her.
Danach schliefen wir, bis in einer fernen Gegend des Universums etwas klingelte.
Jemand schlug mir auf den Kopf.
»Wach auf, Schamane!«
Mein linkes Auge gehorchte.
Esther drückte mir ihr schnurloses Telefon in die Hand, von der ich mir nicht sicher war, ob sie zu mir gehörte. Am anderen Ende der Verbindung hörte ich jemanden schnaufen.
»Ja?«, sagte meine Stimme.
»Entschuldigung«, sagte eine andere Stimme. »Die Kleidung gehört mir nicht, die gehört Ihnen, Entschuldigung …«
Langsam kehrte ich dahin zurück, wo ich war.
»Herr Holzapfel?«
»Das bin ich nicht.«
»Wo sind Sie jetzt?«, sagte ich und sah sein Blouson und sein Hemd an einer Stuhllehne hängen.

»Vor der Tür«, sagte er. »Vor der Tür. Ich muss jetzt los.«
Ich sprang aus dem Bett, rannte durch den Flur, riss die Wohnungstür auf, lief eine Treppe hinunter und öffnete die Haustür. Da stand niemand. Ich ging um das Haus herum. Das Gartentor war geschlossen. Ich lief hin und hielt auf der Straße nach ihm Ausschau. Autos fuhren vorüber, deren Fahrer zu mir hersahen.
Jeremias Holzapfel hatte gelogen.
Außer, er hatte in einem Auto gesessen und war schnell weggefahren. Unwahrscheinliche Variante.
»Was fällt Ihnen ein!«, rief eine Frau, die auf dem Bürgersteig ihren Pudel spazieren führte.
»Mir?«, sagte ich.
»Das ist ja widerlich!«, rief sie und zerrte an der Leine. Erst jetzt bemerkte ich, dass ich nackt war.
»Entschuldigung, Entschuldigung«, sagte ich zweimal hintereinander und ging ins Haus. Ich beeilte mich nicht. Nackter konnte ich nicht mehr werden. Die Frau schimpfte unaufhörlich weiter.
Nachdem ich mich angezogen hatte, setzte ich mich zu Esther in die Küche. Sie hatte einen Kaffee gekocht, der einen Pharao in seinem Sarkophag aufgeweckt hätte.
»Du bist schön flink für deine Figur«, sagte sie. »Und gewandt bist du auch.«
»Ich bin gewandt?«, fragte ich.
»Ja, gewandt.«
»Gewandt«, sagte ich. Und weil ich gerade an Pharaonen gedacht hatte, fiel mir etwas ein. »Weißt du, wie der erste Cinemascopefilm hieß?«
»Bitte?« Sie lächelte und ich überlegte sofort, ob ich dieses Lächeln schon kannte oder womöglich vergessen hatte. Sie trug einen weißen Bademantel ohne Gürtel und hatte die Beine übereinander geschlagen. Im Grunde war sie unbekleidet.
»Der erste Kinofilm in Breitwandformat«, sagte ich.
Sie sagte: »Ich weiß, was Cinemascope bedeutet.«
»Der Film hieß ›Das Gewand‹«, sagte ich.
»›Das Gewand‹«, wiederholte sie. »Du denkst vielleicht um sieben Ecken!«

»Wieso bin ich gewand?«
»Gewandt«, sagte sie. »Oder wendig. Du bist wendig. Würde man dir gar nicht zutrauen bei deinem Bauch und so weiter.«
»Was genau ist ›und so weiter‹?«
»Erinnerst du dich, dass du gesungen hast?«
Ich erinnerte mich nicht.
»Auf der Straße. Kaum waren wir draußen, hast du angefangen zu singen.«
»Was habe ich gesungen?«
»Keine Ahnung. War nicht zu verstehen. Du hast gesungen, die Worte waren unverständlich.«
Ich schwieg.
»Und später warst du wendig«, sagte sie und trank ihren Kaffee und lächelte wieder.
»Wer hat in dem Film mitgespielt? Ich kenn ihn nicht.«
In den Oberschenkeln spürte ich ein Ziehen und an anderen Stellen eine Art Muskelkater, auch wenn das garantiert nicht das richtige Wort dafür war.
»Richard Burton«, sagte ich. »Und Jean Simmons, die anderen Schauspieler habe ich vergessen. Das war Anfang der Fünfziger. Ich habe den Film im Fernsehen gesehen, in Schwarz-Weiß. Lächerlich!«
»Gehst du viel ins Kino?«
»Manchmal.«
»Manchmal gehst du viel ins Kino?«, sagte sie, stellte ihre Tasse auf den Tisch und kam zu mir her.
»Sei nochmal wendig mit mir!«, sagte sie.

Wenn man es genau nahm, war die Frau, die auf meinen Anrufbeantworter gesprochen hatte – ich hörte ihn ab, als ich an diesem Dienstag Mittag nach Hause kam –, meine Freundin. Andererseits sahen wir uns immer weniger, was bedeutete, wir schliefen auch immer weniger miteinander und keinesfalls immer dann, wenn wir uns sahen. Sie hieß Ute Fröhlich, war drei Jahre älter als ich, und seit etwa einem Jahr schafften wir es nicht uns zu trennen.
»Wo bist du?«, sagte sie auf dem Anrufbeantworter. »Warum rufst du mich nicht an?«

Wo bist du? Warum rufst du mich nicht an?
Wo war ich? Warum rief ich sie nicht an?
Ich nahm mir vor, mich zu melden, heute noch. Von Esther würde ich ihr nichts erzählen. Was war mit Esther? Würde sie mir bald die gleichen Fragen stellen? Beim Abschied hatten wir nichts ausgemacht. Sie wusste, wo sie mich erreichen, und ich wusste, wo ich sie erreichen konnte. Ob sie einen Freund hatte, war mir egal. Mich hatte sie ebenfalls nicht ausgefragt. Oder doch? Ich hatte gesungen, hatte sie behauptet. Nicht, dass ich mir das nicht vorstellen könnte, ich sang öfter, allerdings nur, wenn ich allein war, meine spezielle Pfeife rauchte und um ein Sechseck aus kleinen Knochen tanzte. Ein Ritual, dem ich als Kind beigewohnt hatte, als mein Vater meine Mutter und mich zu einem Sioux-Schamanen nach Amerika mitgenommen hatte, weil er hoffte, dieser würde meine kranke Mutter heilen. Bis heute ist mir ein Rätsel, wie er auf diesen Medizinmann gekommen war und woher er das Geld für die Reise gehabt hatte.
Der weise Mann schenkte mir eine lederne Halskette mit einem blauen Amulett, auf dem ein Adler abgebildet war, einen Kranz aus Federn und eine Handvoll winziger Tierknochen, aus denen ich ein Sechseck bilden musste, wenn ich sie benutzte. Außerdem gab er uns eine Trommel aus Lärchenholz und Rentierleder mit, eine Pfeife aus Ton und einen Tabaksbeutel mit Kräutern und kleingehackten Pilzen darin. Einmal, höchstens zweimal im Jahr rauchte ich die Pfeife, legte die Knochen auf den Boden, schlug die Trommel und sang. Das tat ich zum Gedenken an meine Mutter, die starb, als ich dreizehn war, und als Gruß an meinen Vater, der fortging, als ich sechzehn war, und verschwunden blieb. Ich schlug die Trommel und schrie die Wände an.
Trotzdem konnte ich mich nicht daran erinnern, vor dem Billardcafé gesungen zu haben.
Ich duschte, zog eine schwarze Jeans an, die mir zu eng war wie die Lederhose, ein frisches weißes Hemd, braune Halbschuhe und meine Lederjacke, dann verließ ich das Haus. Wie nach einem kosmischen Gesetz kam mir Elsa Schuster entgegen, mit einer Gießkanne in der Hand.

»Herr Süden!«, sagte sie schon von weitem und fuchtelte mit der grünen Plastikkanne. »Heut hab ich einen erwischt! Ha!«

»Wen haben Sie erwischt?«

»Einen Dieb! Einen Gießkannendieb! Der wollt sich mit meiner Kanne davonschleichen. Dem bin ich sauber hinterher! Der hat sich was anhören müssen! So eine Unverschämtheit! Er hat behauptet, er wollte die Kanne zurückbringen. Da lach ich ja! Lügen auch noch!«

»Sehr gut«, sagte ich.

»Wenn die Polizei schon nichts tut, dann muss man selber was tun«, sagte Frau Schuster.

»Ganz genau«, sagte ich.

»Loben Sie mich mal!«

Ich sagte: »Lob und Anerkennung.«

Sie schüttelte den Kopf. »Sie nehmen mich nicht ernst, Herr Süden.« Dann runzelte sie die Stirn. »Irgendwie sehen Sie anders aus heut.«

»Wie denn?«

»Anders. So ...« Sie hob die Kanne, schwenkte sie hin und her, betrachtete mich von oben bis unten. »Ich weiß nicht ... Waren Sie wieder recht aushäusig, Herr Süden?«

»Ja«, sagte ich.

»Sehen Sie, das seh ich Ihnen an!«

»Wiedersehen«, sagte ich.

»Wiedersehen.«

Am Giesinger Bahnhof stieg ich in die Straßenbahn, setzte mich auf einen Einzelplatz am Fenster und ärgerte mich, weil ich vergessen hatte eine Zeitung zu kaufen.

An der nächsten Haltestelle sprang eine Gruppe Schüler aus dem Asamgymnasium in den Waggon. Sie redeten laut aufeinander ein, und einer von ihnen rempelte mich aus Versehen an.

»Tschuldigung«, sagte der Junge schnell.

Durch den Stoß hatte ich den Kopf zum Fenster gedreht. In der Tram, die gerade in entgegengesetzter Richtung vorbeifuhr, saß eine gelbe Gestalt. Eine Sekunde lang sahen wir uns ins Gesicht.

Ich sprang auf und rannte zum Fahrer.
»Polizei! Halten Sie bitte sofort an!«
»Wir sind gleich da.«
»Sofort!«
»Ich darf auf offener Strecke nicht halten. Wir sind doch gleich da!«
Nach dreihundert Metern hielt die Bahn gegenüber der Aussegnungshalle des Ostfriedhofs.
Es kam mir unsinnig vor, die ganze Strecke zurückzulaufen. Im Friesennerz seiner Exfreundin hatte ich Jeremias Holzapfel an mir vorbeifahren lassen. Und bis ich mich auf den Weg gemacht hätte, wäre er verschwunden gewesen. Wieder einmal. Vor meinen Augen.
»Tut mir leid«, sagte der Straßenbahnfahrer. »Das sind halt die Vorschriften.«
Ich war so wütend, dass ich den Rest des Weges zur Wörthstraße, ungefähr zwei Kilometer, zu Fuß zurücklegte.

Kurz bevor ich das Haus erreichte, fing es wieder an zu regnen. Ich beeilte mich und blieb in der Einfahrt stehen.
Im Erdgeschoß befand sich ein kurdisches Restaurant, in dem ich einmal gemeinsam mit Ute den Bauchtanz eines wahrhaft »wendigen« Mannes miterlebt hatte.
Durch den Hinterhof gelangte ich zu der Tür, an der unter anderem der Name Hrubesch stand. Die Tür war offen. Im Treppenhaus roch es nach Essen. Ich stieg in den dritten Stock hinauf, vorbei an bunt bemalten Namensschildern, zerfledderten Taschenbüchern, die jemand zum Verschenken auf verschiedene Fensterbretter gelegt hatte, und einem kleinen Mädchen, das umständlich mit dem Schlüssel an der Wohnungstür hantierte.
»Soll ich dir helfen?«, fragte ich.
»Nein«, sagte sie.
Der Schlüssel fiel ihr zu Boden, und sie fluchte. Auf dem Rücken trug sie einen roten Schulranzen mit der Aufschrift: »Supergirl«. Trotz aller Mühen gelang es ihr nicht aufzusperren. Ich war schon auf der Treppe nach oben und ging noch einmal zurück.

»Ich helf dir«, sagte ich.
Sie schenkte mir einen finsteren Blick, schob die Unterlippe vor und verengte die Augen. Beinah hätte ich lachen müssen.
»Ich tu dir nichts«, sagte ich.
Der Schlüssel passte nicht.
»Das ist der falsche«, sagte ich.
Sie sagte: »Du spinnst ja!«, und riss mir den Schlüssel aus der Hand.
Nebenan ging eine Tür auf. Eine junge Frau streckte den Kopf heraus.
»Was will der Mann von dir, Sandra?«
»Ich wollte ihr helfen«, sagte ich.
Die Frau traute mir nicht im geringsten. Also hielt ich ihr mein Autoritätsplastikteil vor die Nase.
»Sie sind Polizist?«
»Ja.«
Inzwischen hatte Sandra eingesehen, dass der Schlüssel nicht passte.
»Da hat Claudia ihr wieder den falschen Schlüssel gegeben«, sagte die Frau. »Du kannst bei mir warten, Sandra. Ich mach dir was zu essen.«
»Super«, sagte das Mädchen und drängte sich an mir vorbei in die Wohnung.
»Kennen Sie Frau Hrubesch?«, sagte ich.
»Natürlich, sie wohnt einen Stock höher, ist was passiert?«
»Ist sie da?«
»Haben Sie schon geklingelt?«
»Nein.«
»Ich hab sie seit ein paar Tagen nicht gesehen«, sagte die Frau, an deren Tür kein Namensschild war. »Ihren Freund auch nicht, den Jeremias. Vielleicht sind sie verreist. Obwohl ... gestern, nein, was ist heut ...«
»Dienstag«, sagte ich.
»Vorgestern war er da, am Sonntag, genau, am Sonntag, Sonntag Abend, ich hab noch kurz mit ihm gesprochen, er kam grad die Treppe runter ...«
»Was haben Sie zu ihm gesagt?«

»Nichts Besonderes, er hatte es eilig, er hat schnell ›guten Abend‹ gesagt, glaub ich, ich hab ihn gefragt, wie es Inge geht, er war aber schon unten ...«

»Wann haben Sie Inge zum letzten Mal gesehen?«

»Zum letzten Mal?«, fragte sie. Langsam wurde sie unruhig.

»Haben Sie einen Schlüssel zu ihrer Wohnung?«, fragte ich.

Sie warf einen besorgten Blick hinter sich. Aber Sandra war nicht zu sehen. Ich hörte Stimmen aus dem Fernseher.

»Vielleicht ist sie ja da«, sagte ich und wandte mich zum Gehen.

»Ich warte hier«, sagte die Frau.

Auf mein Klingeln passierte nichts. Ich klingelte fünfmal. Dann beugte ich mich über das Geländer.

»Haben Sie einen Zweitschlüssel?«, rief ich nach unten.

»Nein«, sagte die Frau.

»Der Hausmeister hat einen, Herr Roderich.«

Nach kurzem Überlegen entschied ich zu ihm zu gehen. Er wohnte im Erdgeschoß und natürlich wollten er und die Frau, die bei ihm war und mit Vornamen Nike hieß, mit mir in die Wohnung kommen. Ich bat die beiden vor der Tür zu warten.

Es war eine geräumige Wohnung, einfache Holzmöbel, eine Truhe im Flur, ein ovaler, fast wandhoher Spiegel, unzählige Paar Schuhe. Parkettboden. In der Küche war das abgewaschene Geschirr ordentlich neben der Spüle aufgereiht, im Wohnzimmer gab es einen breiten, niedrigen modernen Fernseher, Ledersessel, Glasregale. Keine Zeitung lag herum, nirgends Hinweise darauf, dass sich hier vor kurzem jemand aufgehalten hatte.

In einem kleinen Zimmer hingen Fotos an der Wand, die eine Frau in jungen Jahren zeigten, in Bars, auf einer Insel, umringt von jungen schönen Männern. Auf einem antiken Sekretär lagen Illustrierte und Ringordner. Auch dieses Arbeitszimmer wirkte wie verlassen, es war sauber und gemütlich und gleichzeitig leblos.

Daneben lag das Schlafzimmer. Die Tür war angelehnt, und noch bevor ich sie aufstieß, sah ich, dass jemand im Bett lag, zugedeckt bis zum Hals.

Eine Frau. Ihr Gesicht war weiß wie die dicke Daunendecke, unter der sie lag. Ihre Augen waren geschlossen. Ihr braunes Haar lag wie ein Kranz um ihren Kopf. Das Gesicht war ungeschminkt, die Haut faltig, die Lippen schmale Striche, bläulich.
Ich schätzte sie auf Anfang bis Mitte sechzig. Ohne die Decke zu berühren, drückte ich mit zwei Fingern gegen ihren Hals. Die Frau war tot.
Vom Telefon einer Faxanlage im Arbeitszimmer rief ich im Kommissariat 112 an. In zwanzig Minuten würden die Kollegen von der Todesermittlung hier sein. Bis dahin hatte ich keine Chance herauszufinden, ob die Frau ermordet worden oder eines natürlichen Todes gestorben war.
Ich dachte an den Mann in der gelben Jacke, der nun zu einem Verdächtigen geworden war, allerdings zu einem der am auffälligsten gekleideten, nach denen wir im Dezernat 11 jemals gefahndet hatten.

9

Während ich wartete, steckte ich die Hände in die Hosentaschen und lehnte mich ans Fensterbrett im Schlafzimmer. Sonst tat ich nichts. Es gab Kollegen, die trugen ständig Plastikhandschuhe bei sich, damit sie sie in Situationen wie dieser überstreifen konnten. Um nicht aus Versehen Fingerabdrücke zu hinterlassen, vergrub ich die Hände lieber in der Hose.
Ab und zu warf ich einen Blick zu der toten Frau im Bett. Ich konnte mir schwer vorstellen, dass sie sich selbst so hingelegt und zugedeckt hatte. Die Decke war glatt gestrichen, und die Haare der Frau waren geradezu kunstfertig drapiert.
Dann hatte ich plötzlich einen Gedanken, auf den ich bisher nicht gekommen war. Ich öffnete die Wohnungstür. Draußen standen Nike und der Hausmeister und flüsterten miteinander. Als sie mich sahen, hörten sie sofort damit auf.
»Kommen Sie bitte!«, sagte ich zu Nike.
Ich schloss die Tür hinter ihr und dirigierte sie ins Schlafzimmer. Erschrocken sah sie mich an.
»Ist das Frau Hrubesch?«, sagte ich.
Sie nickte. Dann machte sie einen Schritt auf das Bett zu.
»Aber … sie hat andere Haare …« Sie beugte sich vor.
Auch ich ging zum Bett. Vielleicht hätte ich es bemerken müssen, aber weil ich darauf gepolt war, dass mich die Untersuchung einer Leiche nichts anging, hatte ich nicht besser hingesehen.
»Eine Perücke«, sagte Nike.
»Hat sie oft Perücken getragen?«
Nike kratzte sich am Unterarm und sah sich um. Etwas irritierte sie.
»Wie heißen Sie eigentlich?«, fragte ich.
Sie sagte: »Zons. Nike Zons. Hier ist es so aufgeräumt, das kenn ich gar nicht so, Inge ist ziemlich … sie ist ziemlich chaotisch gewesen …«
Ruckartig drehte sie den Kopf und sah wieder zum Bett.
»Woran ist sie gestorben?«
»Das weiß ich nicht«, sagte ich. »Hat sie öfter Perücken getragen?«

Der Anblick der Toten quälte Nike, dennoch musste sie weiter hinsehen.
»Ich kenn sie seit ... drei, vier Jahren«, sagte sie leise. »Seit ich hier eingezogen bin ... Ich hab ihre Blumen gegossen, wenn sie verreist war, ich hab ...« Sie schwieg.
»Welchen Beruf hatte Frau Hrubesch?«
Nike atmete schwer, ich griff nach ihrem Arm und führte sie in den Flur. Bevor wir die Wohnung verließen, wollte ich sie noch über ein paar Dinge befragen. Allein, ohne den Hausmeister und andere Hausbewohner.
»Ich muss was trinken«, sagte sie.
»Nehmen Sie sich in der Küche etwas.«
Falls umfangreiche polizeiliche Untersuchungen nötig waren, würden meine Kollegen Nikes Fingerabdrücke sowieso in der Wohnung finden.
Sie trank Mineralwasser aus der Flasche. Ich blieb im Türrahmen stehen, die Hände in den Hosentaschen.
»Inge ...«, begann Nike Zons, trank noch einen Schluck und stellte die Flasche zurück in den Kühlschrank. »Ich weiß nicht ... Ist sie umgebracht worden?«
»Das kann ich nicht sagen.«
»Aber Sie wissen es?«
Ich merkte, wie sie über vieles gleichzeitig nachdachte, auch darüber, wieso ich anscheinend lässig die Hände in der Hosentasche hatte.
»Meine Kollegen werden es herausfinden«, sagte ich.
Sie nickte, musterte mich und deutete auf einen Stuhl. »Kann ich mich hinsetzen?«
»Natürlich.«
Sie setzte sich. »Ich bin total geschockt, ich weiß gar nicht ... Ich bin total ... mir ist fast schlecht. Aber ... ich bin ...«
»Aber Sie sind nicht wirklich überrascht«, sagte ich.
Sie starrte mich an. »Ich bin ...«, keuchte sie. »Ja, ja ... woher ... ich bin schon überrascht ... Nein, Sie haben ... Natürlich bin ich überrascht, verflucht! Denken Sie, ich erwarte, dass meine Nachbarin ermordet wird! Ich war nur ... als ich sie da liegen sah ...«

»Welchen Beruf hatte Ihre Nachbarin?« Ich entschied mich die Hände aus der Tasche zu nehmen und die Arme zu verschränken.

»Sie machte ... Filme. Manchmal. Früher war sie, glaub ich, Model, sie ließ sich fotografieren. Aber jetzt ... jetzt war sie ja auch schon älter, sie hat aber immer noch Geld verdient ...«

»Mit Filmen«, sagte ich.

Sie schwieg.

Ich hatte keine Uhr. Wo blieben meine Kollegen so lange? Jedenfalls würde dieser Tag anders verlaufen, als ich es mir vorgestellt hatte. Und vermutlich auch die nächsten Tage. Mein Urlaub war definitiv zu Ende. Hätte ich mich nicht von Sonja überreden lassen, Holzapfel am Bahnhof zu treffen ...

»Sie hat im Milieu gearbeitet«, sagte Nike Zons. Und schlug auf den Tisch, wie bei einem Reflex. »Nein, nein! Was red ich denn? Nicht im Milieu, wie das klingt! Sie war doch keine Nutte ... Sie hat eben ... Sie hat gearbeitet, ich weiß nicht, wieso erzähl ich Ihnen so was?«

»Wenn Frau Hrubesch umgebracht worden ist, werden meine Kollegen Ihnen viele Fragen stellen«, sagte ich. »Sie können ihnen helfen.«

»Ja«, sagte Nike grimmig. Sie drehte das Gesicht weg. »Kann ja sein! Sie hat Aufnahmen gemacht, und früher Filme, manche Männer stehen auf ältere Frauen, das ist nicht verboten, oder?«

»Nein«, sagte ich.

Nike stand auf. Sah sich um, als suche sie etwas, stellte sich nah vor mich.

»Was denken Sie?«, sagte sie. Ihre Augen waren dunkelblau und ziemlich kalt, fand ich.

»Sie haben damit gerechnet, dass etwas passieren könnte«, sagte ich. »Ihnen gefiel der Umgang nicht, den Frau Hrubesch hatte, Sie hatten Angst, ihr könne was zustoßen.«

»Ja, ja ...«, sagte sie zögernd. Offenbar spürte sie, dass ich auf etwas anderes hinauswollte.

»Haben Sie mit ihr über Ihre Sorge gesprochen?«

»Nein«, sagte sie.

Natürlich hatte sie das nicht. »Sie waren auch nicht wirklich in Sorge«, sagte ich.
Jetzt wich sie zurück, beide Hände zur Faust geballt, die sie an ihre Jeans presste.
»Sie dachten, wer so lebt wie Frau Hrubesch, ist selber schuld, wenn etwas passiert. Sie haben rumspioniert, wenn Sie in der Wohnung die Blumen gegossen haben, stimmts?«
Sie brachte kein Wort heraus.
»Das ist alles nicht verboten, Frau Zons«, sagte ich und steckte die Hände wieder in die Hosentaschen. »Wie Sie gesagt haben, manche Männer mögen ältere Frauen in Pornofilmen oder auch im Leben. Kennen Sie Herrn Holzapfel näher? Den Freund von Frau Hrubesch?«
Als hätte ich sie zu Tode beleidigt, stand sie da, mit einem Gesicht aus Verachtung, auf der Suche nach einer angemessenen Entgegnung.
In diesem Moment klingelte es an der Tür. Nike zuckte zusammen. Was sie noch wütender machte, für mich jedoch ein komischer Anblick war.
»Kommen Sie!«, sagte ich. »Meine Kollegen brauchen Platz.«
Nike rührte sich nicht von der Stelle. Ich nahm eine Hand aus der Tasche und stieß mich vom Türrahmen ab, an dem ich reglos gelehnt hatte. Da rauschte sie an mir vorbei, berührte mich mit der Schulter absichtlich am Arm und riss die Wohnungstür auf. Und knallte in vollem Schwung gegen einen Mann, der ein Lederkäppi aufhatte und einen Parka trug.
Nike gab einen spitzen Schrei von sich.
»Hallo, Rolf!«, sagte ich zu dem Mann.
»Servus, Südi«, sagte Rolf Stern von der Mordkommission und schob Nike zur Seite. »Was geht da ab bei euch?«
»Das ist eine Nachbarin«, sagte ich.
»Und was machst du mit der Nachbarin in der Wohnung einer Toten?« Er grinste und betrat die Wohnung, gefolgt von zwei seiner Kollegen, einer Frau und einem Mann, dem Gerichtsmediziner und den drei Kommissaren vom Hundertzwölfer, den Todesermittlern. Mit ihren Taschen und Mappen zwängten sie sich an mir vorbei.
»Hast du nicht Urlaub?«, fragte Rolf.

»Doch.«
»Und was machst du dann hier?«
»Soll ichs dir erklären?«, sagte ich.
Vom Flur aus sah ich, wie Nike sich weigerte dem Hausmeister zu antworten, der ununterbrochen auf sie einflüsterte.

Eine halbe Stunde später hatten Elmar Orth, der Leiter des Kommissariats 112, und seine beiden Kollegen die Leiche von Inge Hrubesch entkleidet und nach Spuren von Gewalt untersucht. Sie fanden keine Hinweise auf Folterungen oder Schläge. Vorsorglich hatte Orth die Mordkommission informiert gehabt, da meine Mitteilungen am Telefon zu vage waren, um ein Verbrechen von vornherein auszuschließen.
Nachdem der Gerichtsmediziner die Leiche begutachtet, die Körpertemperatur gemessen und die Tote akribisch abgetastet hatte, während Stern und sein Team die Wohnung inspizierten, trafen wir uns zu acht in der Küche.
»Keine Spur von Gift, Rolf«, sagte Nadine Bach, die Hauptkommissarin beim Mord. Sie war die einzige, die ihren Chef Rolf nennen durfte, in Anspielung auf seine Alt-68er-Attitüden. Obwohl er von uns zu seinem fünfzigsten Geburtstag eine edle schwarze Lederjacke geschenkt bekommen hatte, trug er nach wie vor am liebsten seinen Parka und dazu dieses Lederkäppi, das auf seinem fast kahlen Kopf festgewachsen schien, außerdem einen goldenen Knopf im linken Ohr und ausgebleichte Jeans, mit denen er vemutlich schon gegen den Schah von Persien demonstriert hatte. Natürlich drehte er sich seine Zigaretten selber. Wie viele Kollegen, meinen Freund Martin und mich eingeschlossen, war Rolf Stern zur Polizei gegangen, weil er nicht wusste, was er werden sollte, und weil er dann nicht zur Bundeswehr musste. Manchmal arbeiteten wir in einer Sonderkommission zusammen, und ich mochte seine nüchterne Art und seine Langsamkeit bei komplexen Fällen.
Und entgegen den Vorschriften war er der einzige Kommissar, den ich kannte, der an Tatorten rauchte.
»Danke, Nadine«, sagte er, zupfte sich Tabakkrümel von den Lippen, zog an der Zigarette und wartete auf eine Erklärung des Pathologen.

»Wie ihr gesehen habt«, sagt Dr. Silvester Ekhorn, »hat eine leichte Verwesung bereits eingesetzt.«
Ich hatte nichts gesehen. Nicht, dass ich mich beim Anblick von Toten übergeben musste, aber ich konnte keine nackten Toten sehen. Früher, in den vier Jahren beim Mord, war ich mir jedes Mal, wenn wir ein entkleidetes Opfer vor uns liegen hatten, wie ein Eindringling in eine Sphäre vorgekommen, eine Art heiligen Bereich, den ich durch meine plumpe Anwesenheit nicht entweihen durfte. Gedanken, über die unsere Pathologen in Gelächter ausgebrochen wären.
»Keine Gewalteinwirkung von außen«, sagte Dr. Ekhorn. »Die Leiche ist gewaschen worden, sicher mehrmals, gewaschen und eingecremt und mit Parfüm bestäubt …«
»Wie bestäubt?«, fragte Rolf Stern amüsiert.
»Heißt das nicht so?«, sagte Dr. Ekhorn.
»Eingesprüht«, sagte Nadine.
»Eingesprüht! Ich hab mich versprochen. Also, es hat sich jemand um die Tote gekümmert …« Er machte eine Pause. Das war die berühmte Pause vor der für jeden Kriminalisten bedeutenden Aussage: »Wann die Frau zu Tode gekommen ist … Vor fünf bis sechs Tagen, kann auch sein vor sieben Tagen. Ich schätze, dass ich schon heut Abend was Genaueres sagen kann.«
»Danke«, sagte Stern.
Der Pathologe steckte das kleine Aufnahmegerät, das er in der Hand gehalten hatte, in seine Ledertasche und verließ die Wohnung. Noch während er mit seinen Untersuchungen beschäftigt gewesen war, hatte ich Stern kurz erklärt, warum ich mich in der Wohnung aufhielt. Jetzt sah er mich erwartungsvoll an.
»Vermutlich kenne ich den Mann, der die Leiche gewaschen hat«, sagte ich.
»Wo ist er?«, fragte Stern.
»Unterwegs in der Stadt.«
Ich dachte an Clarissa und ihre Behauptung, sie habe ihren Exmann vor zwei Jahren zum letzten Mal gesehen. Nach dem, was passiert war, musste ich so schnell wie möglich erneut mit ihr sprechen. Allerdings nicht bei ihr zu Hause.

»Wir versiegeln die Wohnung und warten auf die Ergebnisse Ekhorns«, sagte Stern.
»Lasst ihr nach dem Mann fahnden?«, fragte Orth.
»Was meinst du?«, sagte Stern zu mir.
Ich sagte: »Ich kenne ein paar Freundinnen von ihm, ich frag sie, ob er sich heute bei ihnen gemeldet hat. Und er hat einen gelben Anorak an, einen Friesennerz.«
»Woher weißt du das?«, fragte Stern.
»Hat mir eine seiner Bekannten erzählt.«
Er drückte die Zigarette auf einem Unterteller aus. »Hast du hier was laufen, was du uns verschweigst? Sei ehrlich, Südi!«
Ungefähr nach dem dreihundertsten Versuch hatte ich es aufgegeben, ihm zu verbieten, mich Südi zu nennen.
»Ich habe dir erzählt, was mit dem Mann los ist«, sagte ich. »Und deswegen habe ich ein paar Leute besucht.«
»Im Urlaub?«, sagte Nadine.
»Ja«, sagte ich.
Sie trauten mir nicht, alle sechs, die um mich herumstanden.
»Und die Nachbarin?«, fragte Stern.
»Wir verziehen uns dann mal«, sagte Elmar Orth. Für die Todesermittler gab es nichts mehr zu tun. Bisher deutete nichts auf Fremdverschulden hin, alle weiteren Untersuchungen betrafen andere Kommissariate oder die Spurensicherung. Angesichts der etwa zweitausendzweihundert Leichen pro Jahr, zu denen die Hundertzwölfer gerufen wurden, waren sie über jeden Einsatz froh, der rasch zu Ende ging.
»Ich sprech selber mit der Nachbarin«, sagte Stern, als die beiden schwarz gekleideten Männer mit dem Zinksarg kamen. Seine beiden Kollegen sollten die übrigen Hausbewohner befragen.
»Sei so nett und tipp alles auf, was du weißt«, sagte er zu mir.
»Ja«, sagte ich.
»Wird die Bude jetzt frei?«, fragte einer der Schwarzen. Sie hatten den Sarg abgestellt und sahen sich die Wohnung an. Das machten sie immer, wenn keine Angehörigen in der Nähe waren.

»Da zahlst du beim Neueinzug zweihundert mehr«, sagte der andere.
»Ich wollt schon immer mal in Haidhausen wohnen«, sagte sein Kollege.
»Das kannst du dir nicht leisten.«
»Du musst schnell sein! Wem gehört die Wohnung?«, fragte er Stern und mich.
Ich sagte: »Fragen Sie den Hausmeister!«
»Gute Idee, Chef.«
Ich verabschiedete mich, obwohl mir klar war, dass Rolf Stern mir noch Fragen stellen wollte. Von einer Telefonzelle aus rief ich Clarissa an. Ich erreichte sie bei TV9.
»Ich hab grad eine wichtige Sitzung«, sagte sie.
Ich sagte: »Kommen Sie bitte danach sofort ins Dezernat 11 in der Bayerstraße.«
»Das ist unmöglich.«
»Soll ich Sie abholen lassen?«
»Wie reden Sie denn mit mir?«, sagte sie laut.
»In zwei Stunden sind Sie da«, sagte ich. »Wiedersehen.«
Sie schaffte es in einer Stunde.
Im dritten Stock des Dezernats gab es einen kleinen Raum mit einem niedrigen Fenster, den wir immer dann benutzten, wenn alle übrigen Zimmer besetzt waren. Und das war fast immer der Fall. Vermutlich hatte unser Dezernat als einziges in Deutschland keinen separaten Vernehmungsraum. Stattdessen wichen wir in unsere Besprechungszimmer aus, und wenn dies nicht möglich war, zum Beispiel bei umfangreichen Fahndungsaktionen, an denen die Kollegen der gesamten Abteilung beteiligt waren, blieb uns nur diese Zelle im dritten Stock, ohne Telefon und Zentralheizung. An manchen Wintertagen mussten wir einen elektrischen Heizstrahler reinstellen, was bedeutete, dass wir noch weniger Platz hatten.
»Danke fürs Kommen«, sagte ich zu Clarissa Holzapfel.
In der Mitte des Raumes stand ein länglicher Tisch mit drei Stühlen. Ich hatte eine Flasche Wasser, Gläser, einen Schreibblock, mehrere Stifte und einen Kassettenrecorder mitgebracht, den ich einschaltete, als sich Clarissa nach mehrmaliger Aufforderung endlich hinsetzte.

»Ich vernehme Sie als Zeugin«, sagte ich. »Ihre Aussagen werden Bestandteil einer Akte, die vielleicht später vor Gericht benutzt wird.«
»Was wollen Sie?« Sie gab sich selbstsicher, aber sie war nervös. Sie kratzte mit dem Daumen über die Tischplatte. Ich goss Mineralwasser ein, schob ihr das Glas hin und lehnte mich an die Wand.
»Das macht mich nervös, wenn Sie da stehen«, sagte Clarissa.
»Dienstag, siebter September, vierzehn Uhr fünfunddreißig«, sagte ich. »Frau Clarissa Holzapfel als Zeugin geladen im Fall Inge Hrubesch.«
Diese Aussage erschreckte sie mehr, als ich erwartet hatte.
»Clarissa Holzapfel«, sagte ich, »ist die geschiedene Frau von Jeremias Holzapfel, dem Lebensgefährten von Inge Hrubesch, die heute tot in ihrer Wohnung aufgefunden wurde.«
Mit halb offenem Mund sah Clarissa mich an.
»Wann haben Sie Ihren Exmann zum letzten Mal gesehen, Frau Holzapfel?«
Das sachte Klopfen des Regens ans Fenster war das einzige Geräusch während der folgenden drei Minuten.

10

»Eines verrat ich Ihnen gleich«, sagte Clarissa schließlich, warf mir einen schnellen Blick zu und betrachtete von nun an nur noch ihre Hände. »Wenn ich vor Gericht aussagen muss, dann verweiger ich die Aussage. Ich sag nicht gegen meinen Exmann aus, niemals! Und niemand wird mich dazu zwingen, Sie auch nicht!«
»Vielleicht kommt es zu keiner Verhandlung«, sagte ich.
Sie zögerte einen Moment. »Wieso nicht?«
»Wieso?«, sagte ich.
Sie verfiel in trotziges Schweigen.
Seit ich diesen Beruf ausübe, begegne ich Leuten, die sich selber Fallen stellen, die glauben, je mehr sie verheimlichen, desto schwieriger sei es für uns etwas herauszufinden. Leute, die sich mit Dingen herumquälen, die sie ebenso gut von sich weisen könnten, indem sie mit uns reden, indem sie überhaupt den Mund aufmachen und die Situation, die sie als Verhör empfinden, zügig beenden. Sie lügen und blocken ab, sie erfinden Ausreden in dem irren Glauben, die oft simple Wahrheit nehme ihnen niemand ab. Sie verhedderen sich in einem Gestrüpp aus Gespinsten, dass es manchmal beinah peinlich ist, ihnen dabei zuzusehen.
Es gefiel mir, wie Clarissa ihren Exmann verteidigte und ihn schützen wollte, ohne genau zu wissen wovor. Oder wusste sie es doch?
»Jeremias«, sagte ich. Pause. Sie dachte nicht daran den Kopf zu heben. »Sie haben ihn getroffen, vor kurzem. Sie haben mit ihm gesprochen. Er hat Ihnen etwas erzählt, Sie haben versprochen ihm zu helfen.«
Jetzt nickte sie.
»Sagen Sie bitte Ja oder Nein, wegen dem Protokoll.«
»Ja«, sagte sie.
»Was hat er Ihnen erzählt?«
Sie schwieg.
»Wann haben Sie ihn getroffen?« Ich rechnete nach, wann ich ihn getroffen hatte. Am vergangenen Freitag. Und am Mitt-

woch davor war er im Dezernat aufgetaucht. Einen Versuch war es wert.

»Sie haben ihn am letzten Mittwoch getroffen«, sagte ich.

Sie lächelte. Die Falten um ihren Mund machten ihr Gesicht freundlich.

»Am letzten Mittwoch, den ersten September«, sagte ich.

Sie sagte: »Ich hab nicht aufs Datum geschaut.«

»Wo haben Sie sich getroffen? In Ihrer Wohnung?«

Ihr Lächeln endete so abrupt, wie es begonnen hatte. Sie öffnete den Mund, um etwas zu sagen, doch dann stockte sie. Sie schaute zum Fenster, das von Schlieren übersät und schmutzig war. Mehrmals tippte sie die Finger aneinander, in Gedanken vertieft. Sie drehte den Kopf in meine Richtung, vermied es aber mich anzusehen.

»Bernhard hat ihn weggejagt. In den Park. Er hätt ihn verprügelt, wenn ich nicht dazwischengegangen wäre.« Sie keuchte, fuhr sich über die Augen. »Es war furchtbar. So furchtbar.«

»Jeremias ist zu Ihnen in die Wohnung gekommen«, sagte ich.

Bevor sie antwortete, setzte ich mich ihr schräg gegenüber. Sie saß an der Schmalseite des Tisches. Jetzt sah sie mir in die Augen. Sie wollte sprechen, fand aber die Worte nicht. Ich streckte den Arm aus und berührte ihre Hand. Sie zog sie nicht weg. Ich umfasste ihre Finger, die kalt waren.

»Er hat geklingelt, Sie haben geöffnet«, sagte ich.

»Er hat geklingelt, ich hab geöffnet«, sagte sie leise. »Ich hörte, wie jemand die Treppe hochkam, schwerfällig wie ein alter Mann, ich ging ins Treppenhaus und sah ihn hochkommen. Er sah mich auch, und in diesem Moment stürzte Bernhard aus der Wohnung. Normalerweise ist er um diese Zeit in seinem Büro oder bei Kunden. Und dann fing die Keilerei an. Dabei hat … Jeremias hat überhaupt nichts gesagt, das ist mir erst hinterher bewusst geworden … Er hat nur zu mir hochgesehen, verstört. Er machte so einen verstörten Eindruck …«

»Ja«, sagte ich. »Ich habe ihn auch gesehen.«

»Ja, Sie auch … Ich bin dann hinter den beiden Männern her die Treppe runter, aus dem Haus raus. Und Bernhard hat ihn geschubst und gestoßen und ihn beleidigt. ›Du Hund du‹, hat er gerufen, ›du blöder Hund du, willst du Geld schnorren?‹, hat er gerufen, und Jeremias hat sich geduckt, immer geduckt, so ... so ...«

Sie zog die Schulter hoch und senkte den Kopf. »So ... und Bernhard hat nicht aufgehört ... mit seiner Schreierei. Und dann hat er ihn geschlagen, hat ihn zu Boden geschlagen, und da hab ich ihn festgehalten. Ich hab mich wie eine Idiotin an ihn geklammert.«

Mit einer sanften Bewegung zog sie ihre Hand aus meiner.

»Jeremias ist weggelaufen«, sagte sie. »Er ist in den Park gelaufen. Ich hab Bernhard festgehalten, Leute haben uns beobachtet, mir war das alles so peinlich, so unsäglich peinlich. Ich kanns nicht erklären ... Ich weiß nicht, warum er so ausrastet, wenn er nur den Namen Jeremias hört, er ist sehr eifersüchtig, Bernhard, er verträgt das irgendwie nicht, dass ich so lange mit einem Mann zusammen war. Wir ... wir waren mal in einem Lokal, wo ich oft mit Jeremias gewesen war, und als Bernhard das erfahren hat, hat er durchgedreht, er hat Gläser runtergeschmissen, dann ist er aus der Kneipe raus und gegenüber in eine andere und da hat er sich einen Schnaps bestellt. Können Sie mir das erklären? Er hat doch gar keinen Grund eifersüchtig zu sein, das ist alles vorbei mit Jeremias. Ach ...«

Hastig rieb sie sich übers Gesicht. Und stand auf, schob den Stuhl nach hinten, dass er gegen die Wand krachte, erschrak darüber und stellte sich in die Ecke. Als müsse sie dort stehen, hinter der Tür, an die Wand gedrängt.

»Was hat Jeremias zu Ihnen gesagt?«

»Ich hab ihn gesucht«, sagte sie abwesend. »Er hatte sich versteckt, er hatte sich auf den Boden gelegt! In dem kleinen Labyrinth in dem Park, kennen Sie das? Er lag da, auf dem Bauch, die Hände über dem Kopf, voller Angst. Ich hab mich neben ihn gekniet, hab versucht mit ihm zu reden. Er hat nicht geantwortet. Er war völlig verstört.«

»Hatten Sie den Eindruck, er war schon so, als er die Treppe hochkam?«

»Ja«, sagte sie. »Aber da wusste ich noch nicht, wie schlimm es wirklich war.«

»Was meinen Sie damit?«
Sie sah zu Boden, als läge Jeremias vor ihr, und hob ein wenig den Arm.
»Er brachte keinen vollständigen Satz raus, er fing immer wieder an, stotterte, sagte Sachen, die ich nicht verstand ...«
»Was sagte er?«
»Er sagte, er wär jetzt wieder da, er ... er wär zurück ... zurück zurück, wiederholte er dauernd. Ich versuchte ihn zu beruhigen. Es gelang mir nicht. Gelang mir nicht.« Sie sah mich an. »Jetzt red ich schon so wie er! Er wiederholt auch immer alles.«
»Was haben Sie noch getan?«, fragte ich.
»Ich hab ihm geholfen aufzustehen. Er stand da, wankte, schaute mich eigenartig an, total wirr, und dann sagte er diesen Satz.«
Sie ließ den Arm sinken und spielte mit ihren Fingern.
»Er sagte: ›Ich hab die Frau umgebracht.‹ Nein, genau sagte er: ›Ich hab die Frau umgebracht, die Frau umgebracht.‹ Er wiederholte die drei Wörter. Und dann ging er weg.«
»Hat er keinen Namen genannt?«
»Nein, er sagte nur ›die Frau‹. Die Frau. ›Ich hab die Frau umgebracht.‹ Natürlich bin ich ihm hinterhergelaufen, aber er blieb nicht stehen. Ich wollt ihn festhalten. Ich hab mich an ihn geklammert wie vorher an Bernhard, genauso, genauso lächerlich. Und die Leute standen immer noch da und haben uns zugeschaut. Oder es waren andere Leute, ich weiß nicht. Vor unserem Haus ist eine Haltestelle für die Tram, da ist er hin. Und vorher hat er sich noch beim Bäcker eine Dose Bier geholt.«
»Hat er die Dose bezahlt?«, sagte ich.
»Bitte?« Sie blinzelte heftig.
»Hatte er Geld dabei?«
»Klar«, sagte sie. »Er hat die Dose bezahlt. Er hat sie bezahlt, hat sie aufgerissen, hat einen Schluck getrunken und ist rüber zur Haltestelle. Und ich bin hinter ihm her. Ich hab auf ihn eingeredet, er hat mich nicht gehört. Und dann kam die Tram, er stieg ein und fuhr weg. Ich war viel zu durcheinander, um mitzufahren, die Situation war so ... so absurd ... Was hätt ich tun

sollen? Ich hab einen Fehler gemacht, stimmts? Ich hätt ihn nicht allein fahren lassen dürfen. Die Straßenbahn ...«
Sie wischte sich über den Mund, leckte sich die Lippen. Ich stand auf und reichte ihr ein Glas Wasser. Sie hielt es mit beiden Händen fest und trank.
»Er ist früher dauernd mit der Straßenbahn gefahren«, sagte sie. »Das war sein Lieblingsgefährt. Kein Auto, keine U-Bahn, nur Straßenbahn. Stundenlang. Er hat sogar seine Rollen in der Straßenbahn gelernt. Jeden Monat kaufte er sich eine Karte, regelmäßig, gesamter Innenbereich, bis nach Grünwald konnte er mit seiner Karte fahren.«
Ich nahm ihr das Glas ab.
»Sind Sie sicher, dass er den Namen der Frau nicht genannt hat?«
Sie nickte. Dann fiel ihr ein, was ich am Anfang zu ihr gesagt hatte. »Ja«, sagte sie. »Ich bin mir sicher. Er hat nur gesagt: ›die Frau‹.«
»Haben Sie einen Verdacht, wen er gemeint haben könnte?«
»Nein«, sagte sie.
Ich sagte: »Wir machen eine Pause. Möchten Sie etwas essen?«
Erschöpft lehnte sie sich an die Wand.
Nach drei Stunden brach ich die Vernehmung von Clarissa Holzapfel ab. Aus dem türkischen Lokal im Erdgeschoß hatten wir uns Börek und Salat bringen lassen. Während wir aßen, fragte ich sie ein wenig über ihren Sender aus, bei dem sie anscheinend nicht mehr lange arbeiten würde, und sie erkundigte sich vorsichtig nach meinen Beobachtungen in der Wohnung von Inge Hrubesch. Dann schaltete ich wieder den Recorder an.
Ich hatte keinen Grund daran zu zweifeln, dass sie Holzapfel nach der Begegnung in und vor ihrem Haus nicht mehr gesehen hatte. Und dass er nichts weiter gesagt hatte als diesen einen Satz.
»Ich hab die Frau umgebracht.«

Nach Meinung von Volker Thon, meinem Vorgesetzten, sagte Clarissa nicht die Wahrheit.

»Die trickst von Anfang an«, sagte Thon. »Was steht hier?« Er blätterte in den drei Seiten meines Berichts, den ich in meinem Büro geschrieben hatte, umringt von Kollegen, die grinsten, weil ich in ihren Augen urlaubsunfähig war.
»Hier steht«, sagte Thon, »sie hat behauptet, ihn vor zwei Jahren zum letzten Mal gesehen zu haben. Sie hat uns bewusst getäuscht.« Er nestelte an seinem Seidenhalstuch und sah uns herausfordernd an: Paul Weber, Sonja Feyerabend, Freya Epp und mich. Vielleicht schätzte ich seinen Blick falsch ein, vielleicht war er nicht provozierend, sondern einfach aufmunternd. Doch mit solchen Bewertungen musste ich vorsichtig sein. Nur weil meine Sympathie für Thon extrem schwankte, neigte ich dazu ihm zu misstrauen. Was ging es mich an, dass er nach teurem Aftershave duftete und besser gekleidet war als jeder andere Polizist im Dezernat? Dass er ständig an seinem Halstuch herumspielte und die Angewohnheit hatte, seine Hände zu reiben, als habe er sie gerade eingecremt? Dass er blaue Seidensocken zu seinen Slippern trug? Das ganze Jahr über strahlte er Gesundheit und Jugendlichkeit aus, er wirkte, als verbringe er jede Minute seiner Freizeit in Fitnessstudios oder beim Joggen und ernähre sich abartig biologisch. Dabei hatte er eine Frau und zwei Kinder, und ich wusste, dass er eigentlich nie Sport trieb, sondern sich seiner Familie ebenso leidenschaftlich hingab wie seiner Arbeit als Hauptkommissar. Von den Kollegen in der Vermisstenstelle und, soweit ich wusste, auch von denen bei den Todesermittlern und der Brandfahndung war er neben Paul Weber der Einzige, der verheiratet war, der so etwas wie ein funktionierendes Privatleben hatte, einen ganz eigenen Bereich, der allein ihm gehörte.
Volker Thon war fünfunddreißig, einer der jüngsten Kommissariatsleiter im Land, und ganz egal, was er anzog, wie er roch und welche Ticks er hatte – an der Effektivität seiner Abteilung zweifelte niemand.
Trotzdem mochte ich ihn selten.
»Kannst du uns erklären, was sich da hinter den Kulissen abspielt?«, fragte er. Aus einem silbernen Etui nahm er ein Zigarillo, legte das Etui ordentlich zwischen einen bunten

Behälter mit Stiften und das Foto seiner Familie und zog ein auffallend poliertes Zippo aus seiner Jacke, einem Leinensakko.
»Entschuldigung«, sagte Sonja Feyerabend.
Thon sah sie freundlich an.
»Würde es Ihnen was ausmachen, nicht zu rauchen?«
Thon sah sie nicht mehr freundlich an.
»Ja«, sagte er.
»Bitte«, sagte Sonja.
»Ich kipp das Fenster, wenn Sie möchten.«
»Wenn Sie das Fenster kippen, wird es zu laut«, sagte sie. Seit Jahren weigerte sich das Ministerium Geld für Schallisolierung unserer Büros auszugeben. Die meisten Büros gingen auf die Straße und der Lärm bei offenem oder halb offenem Fenster war unerträglich.
Anstatt das Zigarillo wegzulegen, kaute Thon darauf herum. Ein Anblick, der Sonja, wenn ich ihren Gesichtsausdruck richtig interpretierte, bis in die Haarspitzen nervte.
»In zwei Stunden meldet sich Dr. Ekhorn«, sagte ich. »Möglicherweise hat die Frau Selbstmord begangen.«
»Und liegt dann eine Woche tot in ihrer Wohnung?«, sagte Thon. Das Zigarillo hüpfte zwischen seinen Lippen.
»Was ist mit dem Mann los?«, fragte Paul Weber.
Ich hatte noch keine Gelegenheit gehabt mit ihm zu sprechen. Warum war er nicht im Krankenhaus bei seiner Frau? Wie war ihr Zustand? Wie hielt er es aus, im Dezernat zu sein und an solchen Besprechungen teilzunehmen?
Wie immer waren seine Ohren unglaublich gerötet.
»Er ist krank«, sagte ich. »Etwas stimmt nicht mit ihm.«
Thon sah mich an. Ich wartete auf die Bemerkung: So wie mit dir.
»Erklär mir, wieso die Frau eine Woche tot in ihrer Wohnung lag?«, sagte er. Dann nahm er das Zigarillo aus dem Mund und legte es auf den Tisch.
»Die Kollegen werden es rausfinden«, sagte ich.
Obwohl wir darüber redeten, ging uns dieser Fall im Grunde nichts an. Nach wie vor war niemand als vermisst gemeldet worden, und auch wenn nach Jeremias Holzapfel noch heute

öffentlich gefahndet werden sollte, würde er als Zeuge oder Tatverdächtiger gesucht werden, nicht als Vermisster.

Weil ich plötzlich im Büro aufgetaucht war, um meinen Bericht für Rolf Stern zu schreiben, hatte Thon mich zur Rede gestellt. Natürlich vermutete er sofort, ich würde wieder einmal etwas verschweigen und eigene Spuren verfolgen, ohne die Kollegen zu informieren. Völlig unrecht hatte er damit nicht.

»Wir haben zwei neue abgängige Kinder«, sagte Thon und gab mir meinen Bericht zurück. »Martin und Florian sind unterwegs. Johann ist krank, und du hast Urlaub. Wir sind unterbesetzt und zusätzlich kümmern wir uns um Dinge, die nicht in unsere Abteilung gehören. Wenn du schon mal da bist, willst du deinen Urlaub nicht abbrechen?«

»Warum?«, fragte ich.

»Du scheinst viel Zeit zu haben. Nutze sie für uns!«

»Ich baue Überstunden ab«, sagte ich.

Gerade als ich mit Weber sprechen wollte, wurde er ans Telefon gerufen. Und ein Blick zu Sonja genügte, und ich begriff, sie legte keinen Wert darauf, dass ich ihre Nähe suchte.

So brachte ich Rolf Stern meine Aufzeichnungen. In seinem Büro herrschte die blanke Hektik. Stimmen am Telefon, Stimmen über die Schreibtische hinweg, ein endloses Klingeln, haufenweise Faxe, Kollegen, die hereinstürmten, Mappen auf den Tisch knallten und sich gegenseitig anrempelten. Stern dagegen saß ruhig da, die Beine auf dem Tisch, und betrachtete Fotos von einem Tatort samt Leiche.

»Setz dich!«, sagte er.

Das wäre nur möglich gewesen, wenn ich mir einen Stuhl mitgebracht hätte.

»Was Neues?«, fragte ich.

»Zu viel«, sagte er, legte die Fotos weg, schüttelte den Kopf und nahm die Plastikhülle, in die ich meinen Bericht gesteckt hatte. »Die Sache wird sich für uns nicht auswachsen, kann ich mir nicht vorstellen. Was hast du von der Frau für einen Eindruck, Südi?«

»Sie sagt die Wahrheit.«

»Das tut niemand.«

Wahrscheinlich hatte er Recht.
»Sie weiß nicht mehr«, sagte ich. »Gebt ihr eine Suche nach dem Mann raus?«
Stern legte den Bericht auf einen Stapel, der bald umkippen würde, und griff nach der Tabakpackung. »Nur wenn Mordverdacht besteht. Wenn nicht, warten wir noch einen Tag, vielleicht meldet er sich freiwillig. Wir brauchen ihn natürlich für den Abschlussbericht. Er ist vermutlich der Einzige, der weiß, was passiert ist. Außerdem hat er vermutlich mehrere Tage neben der toten Frau verbracht. Was ja nicht strafbar ist. Kannst du das begreifen, dass jemand so was macht? Neben einer Toten leben?«
Er zündete sich die Zigarette an.
»Ich würde es nicht ertragen«, sagte ich.
»Ich auch nicht«, sagte Stern. »Es gibt schon Lebende, neben denen ich es kaum aushalte.«
»Wann ruft Ekhorn an?«
Er sah auf die Uhr. »Ich muss nochmal raus, wir haben einen Leichenfund in Trudering, sieht nach einem Streit unter Junkies aus. Wenn Ekhorn sich bis in einer halben Stunde nicht gemeldet hat, ruf ich ihn an.«
»Sagst du mir Bescheid?«
»Wo erreich ich dich?«
»Ich ruf dich in einer halben Stunde aus der Stadt an«, sagte ich. »Habt ihr die Nachbarn und Freunde der Toten befragt?«
»Ja, war wohl eine verschlossene Frau. Sie hat pornografische Filme gedreht, wusstest du das, in ihrem Alter?«
»Ich wusste es nicht«, log ich.
»Sie hat Tabletten geschluckt, auch viel getrunken. Braga und Gerke waren in ein paar Bars, deren Adressen wir in der Wohnung gefunden haben. Du kennst die Leute, denen ist das egal, ob einer wegstirbt, noch dazu eine Frau, die fast sechzig ist und solche Filme dreht.«
»Wie alt war sie?«, fragte ich.
»Achtundfünfzig. Ich hätte sie älter geschätzt.«
»Ich auch.«
»Sie hat eine Mutter, die lebt in Burghausen, in Niederbayern.«

»Burghausen liegt in Oberbayern.«
»Ehrlich? Ich war mal dort, kam mir vor wie Niederbayern.«
»Habt ihr mit der Mutter gesprochen?«, fragte ich.
»Wir haben sie noch nicht erreicht. Moment mal.« Er nahm die Beine vom Tisch, beugte sich vor und sah hinüber ins andere Büro. »Nadine! Nadine!«
Sie telefonierte. Als sie ihren Namen in all dem Stimmenwirrwarr hörte, hob sie den Kopf.
»Gleich!«, rief sie.
»Das wird hart, das seh ich schon voraus«, sagte Stern.
»Müttern solche Umstände erklären ...«
»Hatten die beiden Frauen Kontakt?«
»Darüber weiß niemand was, auch die Nachbarn nicht«, sagte er. »Sie kannten die Tote alle, die meisten wussten auch, womit sie gelegentlich ihr Geld verdiente. Aber sonst ... Das übliche Desinteresse ...«
Sein Telefon klingelte.
»Sekunde«, sagte er und nahm den Hörer in die Hand. »Stern ... Herr Doktor!« Er gab mir ein Zeichen. »Ja ... ja ...« Er kritzelte Notizen auf einen großen Block. »Hab ich verstanden ... ja ... Danke für den prompten Service, bis morgen ...«
Er legte auf.
»Die Frau hat Barbiturate genommen, verschiedene Tabletten in großer Menge«, sagte Stern. »Dazu sehr viel Wodka, eine Flasche möglicherweise. Es sieht alles nach Selbstmord aus. Bleibt die Frage, warum der Mann ihren Tod nicht gemeldet hat. Und Dr. Ekhorn bleibt dabei: Der Tod ist vor etwa einer Woche eingetreten, vermutlich genau heute vor einer Woche.«
»Am Dienstag«, sagte ich.
»Am Dienstag«, sagte Stern. Dann lehnte er sich zurück und sah mich aufmerksam an.
Nadine Bach hatte aufgelegt und stand in der Tür.
»Ich hatte grad die Mutter dran«, sagte sie. »Sie kommt morgen früh.«
»Wie hat sie auf den Tod ihrer Tochter reagiert?«, fragte Stern.
»Kann ich nicht beurteilen«, sagte Nadine. »Geweint hat sie nicht.«

»Morgen Früh ...« Stern berichtete seiner Kollegin, was der Pathologe gesagt hatte.
»Und der Grund?«, fragte Nadine.
Stern hob die Schultern. Dann nahm er wieder mich ins Visier.
»Du«, sagte er. »Hast du nicht Zeit, morgen mit der Mutter zu sprechen? Du bist doch hier der Schicksalsversteher. Wir sind absolut überlastet, wie du siehst.«
»Ich hab Urlaub«, sagte ich, hob die Faust als Zeichen der Solidarität mit allen Altachtundsechzigern und verließ das Büro.
Auf dem Flur kam mir Paul Weber entgegen.
»Gehst du?«, fragte ich ohne jeden Sinn, weil mir nicht schnell genug die richtigen Worte einfielen.
»Sie haben angerufen«, sagte er. »Es gibt wieder Komplikationen. Ist schwer jetzt.«
Ich umarmte ihn. Dann drückte er auf den Sicherungsknopf und öffnete die Glastür zum Treppenhaus. Vor dem Aufzug blieb er stehen und wartete. Die Glastür fiel zu. Als er in den Lift stieg, sah er noch einmal zu mir her, ein bulliger Mann mit unglaublich roten Ohren. Vor fast dreißig Jahren, als er noch eine Uniform trug und als Streifenpolizist arbeitete, sprach ihn auf der Straße eine Frau an und fragte ihn nach dem Weg. Und weil diese Stimme ein Zeichen für ihn war, folgte er der Frau und heiratete sie bald darauf. Und weil er nicht wollte, dass sie einen Mann bekam, der lebenslang in einer langweiligen Uniform herumlief, wechselte er in den Innendienst und landete im Dezernat 11.
Und deshalb war der neunundfünfzigjährige Paul Weber der einzige Kriminalbeamte, der seine Existenz als Hauptkommissar der Stimme der Liebe verdankte.

11

Alle Versuche, die Nacht allein zu verbringen, scheiterten. Zunächst war ich nach Hause gegangen mit der Absicht, im Zimmer zu bleiben, ein Buch mit Briefen zu lesen, das ich neulich entdeckt hatte, als ich in der Bahnhofsbuchhandlung nach einem Stadtplan von Helsinki fragte. Martin hatte mich darum gebeten. Er verreiste nie, sammelte aber Reiseberichte und verschlang sie wie andere Leute Romane. Manchmal besorgte er sich Landkarten oder Stadtpläne, um die Örtlichkeiten besser einordnen zu können.
Die Briefe, auf die ich gestoßen war, weil ein Kunde das Buch zufällig neben mir fallen gelassen hatte, stammten von Vincent van Gogh, und obwohl ich gewöhnlich der Meinung bin, dass die Korrespondenz fremder Leute mich nichts angeht, las ich schon in der Buchhandlung die ersten zehn Seiten. Anstelle des Stadtplans, den es nicht gab, kaufte ich dieses Buch, setzte mich zu Hause in das kleine Zimmer, dessen Wände ich gelb gestrichen hatte, und folgte der Spur des Künstlers mit seinen Worten, die an seinen Bruder gerichtet waren.
In der Nacht zum Mittwoch saß ich wieder in meinem gelben Zimmer, bei geschlossenem Fenster, in größtmöglicher Stille, als das Telefon klingelte. Ich ging nicht dran. Dann fiel mir ein, dass der Anrufbeantworter anspringen würde, und ich lief in den Flur und stellte ihn aus. Danach schaffte ich nur noch eine Seite.
Ich verließ das Haus. Es war kühl geworden, die Straßen waren nass und in den Bäumen hörte ich die Tropfen auf die Blätter fallen. Ich hielt ein Taxi an. Was ich tat, sollte ich nicht tun. Ich sollte es nicht tun. Sei vernünftig, dachte ich. Denk an die Konsequenzen! Welche Konsequenzen? Was zettelst du wieder an? Wozu? Besser wäre, die Dinge vorher zu klären. Was klären? Muss ich mich rechtfertigen? Red keinen Unsinn! Was willst du sagen, wenn sie dich fragt? Nichts, ich werde nichts sagen. Es ist nur eine sexuelle Begegnung. Bitte? Das ist es, nichts weiter. Woher willst du das wissen? Du kennst die Frau nicht. Nein, aber ich schätze sie ähnlich

ein. Wie ähnlich? Ähnlich wie dich? Wir denken nicht an die Zukunft. Woher willst du das wissen? Das war völlig klar, als wir uns verabschiedet haben. Keiner stellt Fragen. Keine Verabredungen. Und Ute? Es ist vorbei. Weiß sie das? Natürlich weiß sie das, sie will es sich nur nicht eingestehen. Steig aus, fahr zurück!
»Würden Sie bitte anhalten?«
Vor einer Pizzeria stieg ich aus. Mit quietschendem Zorn fuhr der Taxifahrer davon.
Das Restaurant war fast leer, an einem Tisch saßen drei Gäste und tranken etwas Dunkelbraunes. Das war eine gute Idee. Ich ging hinein.
»Einen Averna«, sagte ich zum Kellner hinter der Bar.
»Wir haben schon geschlossen«, sagte er.
»Nur einen Averna bitte.«
»Mit Eis?«
»Pur.«
Er stellte mir das Glas hin, ich bezahlte und beschloss, langsam zu trinken und anschließend zu Fuß nach Hause zu gehen.
Nach fünfhundert Metern kam mir ein beleuchtetes Taxi entgegen. Weitergehen, geh weiter!
Wie an einem Tatort hatte ich die Hände in den Hosentaschen. Winken war unmöglich. Am Tiroler Platz warteten zwei unbesetzte Taxis an der roten Ampel. Ich überlegte, wie lange es her sein mochte, dass ich zum letzten Mal im Tierpark war, der nicht weit von hier entfernt lag. Als Kinder waren Martin und ich mindestens einmal im Monat in Hellabrunn, besonders bei den Löwen, und wir konnten unermüdlich ausharren und auf das Gehege der Wölfe starren, bis endlich einer herauskam und gefährlich auf und ab lief. Und jedes Mal lachten wir über eine Schautafel, auf der ein gigantisches Nashorn von hinten auf ein anderes Nashorn stieg.

»So spät noch?«, sagte sie.
Ich sagte: »Ich fuhr durch die Gegend und dachte ...«
»Komm rein!«

Sie nahm mir die Jacke ab und kurz darauf auch den Rest der Kleidung. Sinnloserweise hatte sie das Bett frisch überzogen. Nach einer Stunde lehnten wir uns erschöpft aneinander.
»Hast du was von Jerry gehört?«, fragte Esther.
»Nein«, sagte ich. »Seine Freundin ist tot. Sie hat Schlaftabletten genommen. Oder Jeremias hat sie ihr gegeben, das wissen wir noch nicht. Er ist immer noch verschwunden.«
Mit einer fast panischen Bewegung griff sie nach dem Laken, deckte sich zu und zog die Beine an. Sie blickte vor sich hin, die Arme unter der Decke, beunruhigt, wie mir schien.
Ich schwieg.
Als ich merkte, wie schwer es ihr fiel etwas zu sagen, legte ich den Arm um ihre Schulter.
»Willst du mehr erfahren?«, fragte ich.
Sie war viel zu sehr mit sich beschäftigt als darauf zu antworten.
Reglos saßen wir nebeneinander im Bett. Das zweite Laken war auf den Boden gerutscht, und ich hätte mich hinunterbeugen müssen, um es zu holen. Aber ich wollte Esther nicht loslassen.
»Wann …«, sagte sie, immer noch versunken in Überlegungen. »Wann hat er … Wann ist sie gestorben und … und wo?«
»In ihrer Wohnung«, sagte ich und war mir nicht sicher, ob es richtig war, ihr den Zeitpunkt des Todes zu nennen.
»Aber du weißt nicht, ob er daran beteiligt war?«
»Nein«, sagte ich.
»Gibts da nicht …« Zum ersten Mal, seit wir miteinander sprachen, sah sie mich an. »Wurden da nicht Spuren untersucht? Oder die Nachbarn gefragt …«
»Was ist los?« Etwas umständlich strich ich ihr mit dem Zeigefinger über die Wange. »Was erschreckt dich so?«
»Wann hast du erfahren, dass die Frau tot ist?«, fragte sie. Sie nahm meine rechte Hand und drückte sie an ihre Wange, der Zeigefinger war ihr zu wenig. Auch wenn mir ganz andere Dinge im Kopf umgingen, fürchtete ich plötzlich einen Fehler begangen zu haben. Eine blitzartige Furcht, die mich zwang, das Taxi vor mir zu sehen, in das ich am Tiroler Platz eingestiegen war, nachdem es bei Grün bereits losgefahren war

und ich dem Fahrer hinterhergewunken hatte. Was erwartete Esther bei unserem zweiten Abschied von mir? Ein Versprechen?
»Was?«, sagte sie.
Vielleicht war mein Gesicht ein offenes Buch.
»Ich musste an was denken«, sagte ich zaghaft.
»An die tote Frau?«
»Ja«, sagte ich. »An Inge Hrubesch. Wir haben sie heute gefunden ...«
»Wer hat sie gefunden?«, unterbrach sie mich.
»Ich.«
Wieder versuchte sie sich zu konzentrieren, jedes Wort, das ich sagte, in einen Zusammenhang zu bringen mit etwas, das sie zu martern schien.
Weil ich damit begonnen hatte, fühlte ich mich verpflichtet fortzufahren:
»Ich war in der Wohnung, ich wollte mit Frau Hrubesch sprechen.« Ich berichtete, was ich gesehen hatte, beantwortete jedoch eine von Esthers Fragen nicht. Unnützes Versteckspiel.
»Seit wann ist sie tot?«, fragte sie.
Ich sagte: »Der Pathologe glaubt, seit einer Woche.«
»Und du?«, sagte sie heftig. »Und du? Was glaubst du?«
Ich zog den Arm von ihrer Schulter und griff nach dem Laken auf dem Boden. »Ich bin kein Mediziner. Wenn er sagt, der Todeszeitpunkt war ungefähr vor einer Woche, dann wird es stimmen. Er ist der Experte, nicht ich. Hast du mit Jeremias vor einer Woche gesprochen?«
Sie hielt die Luft an. »Nein«, sagte sie. Und noch einmal, leiser: »Nein.« Dann sah sie mich an, sah wieder weg und wieder zu mir. »Ich hab nicht mit ihm gesprochen, ich hab mit ihm geschlafen. Wie früher. Es tut mir Leid.«
Wahrscheinlich dachte sie, ich sei beleidigt oder gekränkt oder enttäuscht. Doch der Grund, warum ich aufstand, meine Unterhose, die Jeans und mein Hemd anzog, das ich zur Hälfte zuknöpfte, lag darin, dass ich nackt nicht nachdenken konnte. Ich bildete mir ein, nackt ein anderer zu sein, auf jeden Fall kein Polizist, der dienstlich nachdenken musste.

Und das musste ich jetzt. Zu viele Frauen, zu viele Türen, die aufgingen, ohne dass ich hätte sagen können, ob ich überhaupt eintreten wollte.
Esther hatte sich in das Laken gehüllt. Jede meiner Bewegungen verfolgte sie mit Besorgnis und Unsicherheit. An die Wand gelehnt, versuchte ich ihr zu erklären, warum ich mich angezogen hatte. In ihren Augen las ich komplettes Unverständnis.
»Wann hast du mit ihm geschlafen?«, fragte ich. »Letzten Dienstag? Letzten Montag? Ich bitte dich, es geht nicht um mich, es geht um Jeremias, um Inge, ich frage dich als Polizist. Und wenn ich zu Ende gefragt habe, ziehe ich mich wieder aus und komm zu dir ins Bett.«
Sie richtete sich auf, drückte das Laken an ihren Körper.
»Irgendwas stimmt mit dir nicht«, sagte sie.
»Bitte«, sagte ich. »Wann war er hier? Wann war das, Esther?«
»Was ist da passiert?«, fragte sie. Gekrümmt saß sie da, mit hängenden Schultern, die nichts von ihrer sonstigen Kraft verrieten. Eine Frau Ende dreißig, schuldbewusst wie ein Schulmädchen, das etwas Fürchterliches angestellt hatte.
Was Esther Kolb getan hatte, war nicht fürchterlich, war nichts Besonderes, nichts anderes als das, was sie mit mir getan hatte. Vermutlich. Es warf nur mein einigermaßen ordentlich zusammengefügtes Bild des seltsamen Herrn Holzapfel über den Haufen.
»Wann war er hier?«, fragte ich mit Nachdruck.
»Sonntag Nacht.« Sie knetete das Laken mit beiden Händen.
Ich sagte: »Eine Woche, bevor er dich das zweite Mal besucht hat. Nur verändert, völlig verändert.«
»Ja«, sagte sie hastig. »Ja, völlig verändert, das war er! Er war …«
»Und den Sonntag davor, wie war er da?«
Verwirrt ließ sie das Laken los. »Setz dich zu mir! Bitte, Tabor, ich will nicht, dass du da an der Wand stehst so … so förmlich, als würdst du gleich weggehen …«
Ich konnte mich nicht zu ihr setzen.
»Später«, sagte ich.

Lange sah sie mich an, und ich wusste, mein Blick gefiel ihr nicht, er war distanziert, nüchtern, ohne Erinnerung an das, was wir vorhin im Bett erlebt hatten.
»Er stand auf einmal vor der Tür«, sagte sie. »Er stand da, ich hab ihn gefragt, was er will, er hat gesagt, er hat an mich denken müssen. Wir haben uns mindestens fünf Jahre nicht mehr gesehen, er war noch verheiratet, als er das letzte Mal hier war. Ich kann dir das nicht erklären, du denkst jetzt, ich bin eine ...«
»Nein«, sagte ich.
»Du denkst, ich bin eine Frau, die allein ist und froh ist, wenn ein netter Kerl vorbeikommt. Kann schon sein. Ich hab Jerry immer gemocht, sehr gemocht, manchmal haben wir davon gesprochen, dass wir es vielleicht mal zusammen versuchen, als Paar, wenn er geschieden ist. Ich hätt mir das vorstellen können. Er auch, glaub ich. Aber dann hat jeder wieder sein Leben weitergemacht, das Übliche, er mit seiner Frau und seinen anderen Freundinnen und ich allein mit den zwei, drei Männern, die sich angesammelt haben im Lauf der Jahre.«
Sie legte den Kopf schief. Und ich dachte wieder an ein Mädchen.
»Muss ich dich jetzt auch dazurechnen?«, sagte sie, ein kleines Lächeln um den Mund.
»Unbedingt«, sagte ich.
»Ja.« Sie biss sich auf die Lippen. »Er hat gesagt ... vorletzten Sonntag ..., seine Freundin sei irgendwie eigenartig drauf, sie rede nichts mehr, sitze bloß rum. Und dabei habe sie einen Job gehabt erst kürzlich. Jerry hat nicht genau gesagt, was für einen Job, war anscheinend ziemlich anstrengend. Weißt du, was sie getan hat? Beruflich?«
»Sie war freiberuflich«, sagte ich. »Sie arbeitete für Fotoagenturen.«
»Was für Fotoagenturen?«
»Verschiedene«, sagte ich. »Auftragsarbeiten, sie hatte viel Erfahrung, die Leute fragten sie nach ihrer Meinung, sie war als Beraterin tätig.«
»Ach so.« Esther streckte die Beine aus, hielt für einige Sekunden die Luft an und blickte zu dem Stuhl, an dem Holzapfels

Blouson und Hemd hingen. »Sie haben sich gestritten, glaub ich, er war betrunken, als er kam. Natürlich. Er war ja immer betrunken früher, nicht immer gleich stark.«

»Warum hast du mir verschwiegen, dass er am vorletzten Sonntag hier war?«

Und wie selbstverständlich sagte sie: »Er hat mich gebeten, niemandem etwas zu verraten.«

Ich sagte: »Wem hättest du es denn verraten können?«

Sie schüttelte den Kopf.

»Hattest du den Eindruck, seine Freundin war da noch am Leben?«

»Natürlich«, sagte sie bestimmt. »Ganz sicher. Er war wütend auf sie, er sagte, er wisse gar nicht, wieso er überhaupt noch mit ihr zuammenlebt. Er hat schlecht von ihr gesprochen, sehr schlecht.«

»Hat er seine Exfrau erwähnt? Clarissa?«

»Nein«, sagte Esther. »Die hat er nie erwähnt.«

»Er hat sie ebenfalls getroffen«, sagte ich.

»Im Ernst? Auch am Sonntag?«

»Nein«, sagte ich. »Einige Tage später. Möglicherweise nach dem Tod seiner Freundin.«

»Der arme Kerl.« Esther legte sich hin, drehte sich zur Seite, mit dem Rücken zu mir, und streckte die Hand aus. »Komm jetzt! Mehr hab ich nicht zu erzählen. Das ist die Wahrheit. Komm!«

Was bedeutete Esthers Aussage für die Fahndung nach Holzapfel? Suchten meine Kollegen also doch einen Tatverdächtigen? Einen Mann, der seine langjährige Geliebte aus Hass und Überdruss vergiftet hatte? Und dann tagelang neben ihr lebte? Dazwischen seine Exfrau traf? Und freiwillig zur Polizei ging, um eine unsinnige Erklärung abzugeben?

Wer war Jeremias Holzapfel? Was war mit ihm in den vergangenen vier Jahren geschehen? Und auf welcher Bühne irrte der gescheiterte Schauspieler in diesen Stunden umher?

Ich zog mich aus und legte mich zu Esther ins Bett.

Sie drückte meinen Kopf an ihre Brust. »Glaubst du, Jerry hat sie umgebracht?«

Ich antwortete nicht.

Nach kurzer Zeit schlief ich ein und träumte von Martin und mir, wie wir auf einer Giraffe durch den Zoo reiten und dabei mit einem langen Stock einen Ball schlagen wie Polospieler.

Am nächsten Morgen fuhr ich ins Dezernat, um einen Bericht über Esthers Aussage zu schreiben.

»Die Mutter ist auf dem Weg in die Gerichtsmedizin«, sagte Rolf Stern. »Steht dein Angebot noch?«

»Welches Angebot?«, fragte ich.

»Hast du Zeit mit ihr zu sprechen? Wir rotieren hier, ich hab niemanden frei. Ich revanchier mich, Südi, ich versprechs dir.«

»Wann geht die Fahndung nach Holzapfel raus?«, fragte ich.

»Heute noch«, sagte er. »Ich warte auf deinen Bericht von der Mutter. Die Verkehrsbetriebe, die Taxizentralen und die Krankenhäuser sind schon informiert. Danke für deinen Einsatz.«

Aus seiner Nase quoll der Rauch von Schwarzem Krauser.

Natürlich wusste mein Vorgesetzter zehn Minuten später Bescheid.

»Bist du scharf auf eine Versetzung?«, sagte Thon so laut, dass Erika Haberl, die Sekretärin in der Vermisstenstelle, die Tür zu Thons Büro schloss. »Wenn du urlaubsunfähig bist, dann hilf uns hier! Was soll das, Tabor? Warum führst du Vernehmungen für den Mord? Die haben genug Leute!«

Ich sagte: »Ich habe die meisten Informationen. Ich bin über Sonja an den Fall gekommen, nicht über Rolf.«

»Was für einen Fall?« Er paffte sein Zigarillo und kratzte sich mit dem Zeigefinger am Hals. »Da gibts keinen Fall! Nicht für uns jedenfalls! Dein Freund Martin ist schon wieder seit drei Tagen Tag und Nacht unterwegs, wegen diesen abgängigen Mädchen. Die ganze Abteilung ist im Stress. Und du machst Laufdienste für die Kollegen. Erklär mir das!«

Wozu sollte ich ihm etwas erklären? Ich hatte Urlaub.

»Später«, sagte ich. Dann goss ich ein halbes Glas mit Mineralwasser voll und trank es in einem Zug aus. »Vielleicht müssen wir doch noch einen Mann suchen, der von niemandem als vermisst gemeldet wurde.«

»Bitte?«, sagte Thon in seiner unnachahmlich strengen Art.
»Später«, sagte ich noch einmal und machte die Tür zum Nebenraum auf, in dem Erika mit Kopfhörern einen Tonbandbericht abtippte. Als sie mich sah, nahm sie die Hörer ab.
»Ist Ihr Urlaub schon zu Ende?«, fragte sie.
»Nein«, sagte ich. »Aber ich hab zu tun.«
»Die Sache mit dem Mann, den niemand zurückhaben will?«
Ich winkte ihr zu und verließ das Büro. Hinter mir hörte ich Thon zu Erika Haberl sagen: »Irgendwann wirds dem genauso gehen!«

12

Ausgerechnet die beiden Oberkommissare Braga und Gerke begleiteten Franziska Hrubesch durch die trostlosen Gänge des Instituts für Rechtsmedizin in der Frauenlobstraße. Die beiden fast zwei Meter großen Männer folgten der kleinen alten Frau in einigen Metern Abstand, Braga, im ovalen Gesicht ein verzerrtes Grinsen, das er sich selbst nicht erklären konnte, daneben sein Freund, dessen akurrat an beiden Enden nach oben gezwirbelter Schnurrbart eine Art Kunstwerk bildete, mit dem er schon an Wettbewerben teilgenommen hatte.

Seit mehr als einer Stunde wartete ich auf einer Holzbank, die eher einer Pritsche glich. Als ich die drei kommen sah, hielt ich ihnen die Tür auf. Ohne zu grüßen ging die alte Frau an mir vorbei durch den Vorraum und öffnete die Eingangstür.

»Servus!«, sagte Braga zu mir.

»Servus!«, sagte Gerke.

»Servus!«, sagte ich. Als wir uns die Hände schüttelten, fiel die Eingangstür zu. Franziska Hrubesch war draußen.

»Wie hat sie reagiert?«, fragte ich.

»Gar nicht«, sagte Gerke. »Sie ist bloß dagestanden, hat sie angeschaut.«

»Sie hat auch nichts gefragt«, sagte Braga, ein ausgezeichneter Scorer, wie mir ein jüngerer Kollege einmal erzählt hatte. Leider hatte ich vergessen zu fragen, was ein Scorer genau tat außer mit einem Basketball zu hantieren.

»Was weiß sie?«, fragte ich.

»Dass ihre Tochter an einem Mix aus Alkohol und Tabletten starb«, sagte Gerke.

Wir gingen die Stufen zum Vorplatz hinunter, wo plötzlich die Sonne schien. Frau Hrubesch stand an der Einfahrt, zur Straße gewandt.

»Habt ihr nicht mit ihr gesprochen?«, fragte ich.

»Logisch«, sagte Braga. Wie sein Kollege trug er weiße Turnschuhe, die unwirklich groß und sauber wirkten. »Wir haben sie vom Zug abgeholt, wir wollten sie zum Kaffee einladen, aber sie wollte nicht. Sie wollte gleich hierher. Auch Dr. Ekhorn hat mit ihr gesprochen, sie hat ihm bloß zugehört. Er hat sie gefragt, ob sie sich vorstellen könne, dass ihre Tochter Selbstmord begangen hat. Sie zuckte bloß mit der Schulter. Und dann hat sie sie angestarrt, mindestens eine halbe Stunde, im Stehen. Dann setzte sie sich auf den Stuhl, den Dr. Ekhorn für sie hingestellt hatte, und starrte ihre Tochter weiter an. Nochmal eine halbe Stunde.«

»Mindestens«, sagte Gerke.

»Mindestens«, sagte Braga.

Soweit ich wusste, spielten sie nicht im selben Team Basketball, und so unzertrennlich sie auch in der Mordkommission zusammenarbeiteten, in ihrer Freizeit ging jeder seiner Wege, außer sie spielten gegeneinander. Als Kollegen in einer Sonderkommission waren sie unschlagbar.

Wir verabschiedeten uns.

»Servus!«, sagte ich.

»Servus!«, sagte Gerke.

»Servus!«, sagte Braga.

Sie stiegen in ihren weißen Dienstopel, und ich ging zu Frau Hrubesch.

»Mein Name ist Tabor Süden«, sagte ich.

Sie hob den Kopf. Sie hatte helle blaue Augen und ein eingefallenes Gesicht. Wie viele alte Frauen trug sie einen grauen Mantel, braune Schuhe und einen grauen Hut. Sie hatte eine dunkle Handtasche bei sich, die sie mehrmals von einer Hand in die andere nahm. Offenbar benutzte sie sie nicht oft.

»Ich möchte mich gern mit Ihnen unterhalten«, sagte ich.

»Gut«, sagte sie.

Unschlüssig hielt ich nach einem Lokal Ausschau.

»Haben Sie Hunger, Frau Hrubesch?«

Erst reagierte sie nicht, dann trat sie einen halben Schritt näher.

»Glauben Sie, ich kann einen Wunsch äußern?«, sagte sie ein wenig gestelzt. Normalerweise, das war nicht zu überhören, sprach sie Dialekt. In meiner Gegenwart aber bemühte sie sich ihn zu unterdrücken.

»Natürlich«, sagte ich. »Wünschen Sie!«

»Ich ... tät gern ins ›Weiße Bräuhaus‹ gehen, kennen Sie das?« Sie hatte tatsächlich die Stimme gesenkt.
»Ich kenne es«, sagte ich.
Kein einziges Taxi fuhr vorüber. Wir würden bis zur nächsten großen Kreuzung gehen müssen.
»Sie fragen mich gar nicht, warum ich da hinwill«, sagte Franziska Hrubesch, während wir uns auf den Weg machten. Sie hatte einen zügigen Schritt.
»Ich frage Sie, wenn wir dort sind.«
»Sie reden nicht gern, gell?«
»Nein«, sagte ich.
»Das ist ein Segen«, sagte sie.

In der Gaststätte nahe dem Marienplatz waren alle Tische besetzt, zumindest im vorderen Teil. Durch die unendliche Güte einer Bedienung, die uns zunächst in den ersten Stock schicken wollte, was Frau Hrubesch mit einem ebenso energischen wie kuriosen »Überhaupt nicht!« ablehnte, bekamen wir zwei Plätze im hinteren Raum, in dem die Tische gedeckt waren.
Frau Hrubesch bestellte ein kleines Bier, ich ein großes Wasser.
Obwohl auf der Speisenkarte ungefähr hundert Gerichte aufgeführt waren und die alte Frau auch einen Blick hineinwarf, zögerte sie keinen Moment, als die Bedienung die Bestellung aufnahm.
»Einen Schweinsbraten und eine Portion Blaukraut extra«, sagte sie.
»Da ist Speckkrautsalat dabei«, sagte die Bedienung.
»Das weiß ich«, sagte Frau Hrubesch. »Und eine Portion Blaukraut extra.«
»Für mich auch einen Schweinsbraten«, sagte ich. »Und einen gemischten Salat extra.«
»Ist recht.«
Nachdem die Bedienung gegangen war, sah Frau Hrubesch sich um.
»Sieht schön aus. Seit dem Umbau war ich nicht mehr hier. Davor auch lang nicht, ganz lang.«

Sie verstummte, schob ihr Besteck, um das eine Papierserviette gewickelt war, hin und her, legte die Hände übereinander, sah mich an. Sie trug eine graue Bluse und einen dunkelgrauen Rock. Das schöne Blau ihrer Augen war die einzige Farbe an ihr.

Sie senkte den Kopf, wenn sie trank, und noch bevor das Essen kam, war ihr kleines Bierglas leer.

»Woher kennen Sie das Lokal?«, fragte ich. Meinen karierten Block hatte ich in der Tasche gelassen, ich hoffte, sie würde sich einfach mit mir unterhalten und vergessen, dass ich Polizist war.

»Nach dem Krieg hab ich hier gearbeitet«, sagte sie. »Ich hab zwei Menschen ernähren müssen.«

Sie schwieg.

Wir saßen uns gegenüber. Manchmal glaubte ich ein graues Lächeln um ihren Mund zu erkennen. Dann nickte ich ihr freundlich zu.

Die Bedienung brachte den Braten und den Salat.

»Guten Appetit«, sagte ich.

»Ihnen auch«, sagte Frau Hrubesch.

Sie aß langsam und genussvoll und sprach kein Wort. Ich war mir nicht sicher, ob es klüger wäre etwas zu sagen. Aber dann schwieg ich wie sie, kaute die Kruste, salzte und pfefferte meinen Salat, und je länger wir aßen, desto einfacher schien es, dazusitzen unter Leuten, in einem Gasthaus mitten am Tag, in Gedanken an einen Menschen, der tot war und der, so dachte ich auf einmal, der alten Frau nicht weniger fern stand als mir.

Ab und zu warf sie mir einen Blick zu, über ihre Hände hinweg, und dann vertiefte sie sich wieder in ihre Mahlzeit und hörte nicht eher auf zu essen, bis außer einem Streifen Fett nichts mehr auf ihrem Teller lag. Zum Schluss aß sie den Rest Blaukraut, wischte sich mit der Papierserviette den Mund ab, atmete tief, legte die Hände neben den großen Teller und sah mir ins Gesicht.

Auch ich hatte alles aufgegessen.

In den vergangenen fünfzehn Minuten hatten wir kein Wort gewechselt.

»Hats geschmeckt?«, fragte die Bedienung.
»Ja«, sagte ich. »Noch ein kleines und ein großes Bier bitte.«
Frau Hrubesch schaute mir noch immer ins Gesicht.
»Ihre Tochter«, sagte ich, denn jetzt war die Zeit zu sprechen. »Was war sie für ein Mensch?«
Es schien mir, als warte sie, bis die Bedienung das Bier brachte.
»Zum Wohl!«, sagte Frau Hrubesch.
»Auf Ihre Gesundheit!«, sagte ich.
Wir tranken.
»Meine Tochter«, sagte Frau Hrubesch und strich mit der flachen Hand Brösel von der Tischdecke. »Meine Tochter ... Stimmt schon, irgendwie war sie meine Tochter ...«

»Ich hab sie halt großgezogen«, sagte Franziska Hrubesch mit leiser, fester Stimme. »Da hat keiner gefragt. Sie war zwei, als der Krieg aus war, ich hab geholfen, den Schutt wegzuräumen, wie alle Frauen, und da war sie halt immer dabei, die kleine Inge. Ihre Mama war da schon nicht mehr, die hat es nicht mehr in den Bunker geschafft, ich hab ihr gesagt, sie soll das lassen mit dem Brotholen, sie wollte unbedingt beim Erlinger noch ein Brot holen, weil es grad eins gab, so was Dummes. Ich hab gesagt, ich nehm das Ingelein mit, und dann hockten wir da unten, lauter Frauen und eine Handvoll Kinder, und die Paula ist nicht mehr gekommen, die Paula war draußen. Und das Ingelein hat genau gewusst, was da passiert, das hat die gewusst, die Kinder haben es immer als Erste gewusst, denen konnte man nichts vormachen, die haben das gespürt, die haben die Luft zittern sehen ...«
Sie sah mich an. »Nicht?«, sagte sie. »Nicht?«
Ich nickte.
»Hand in Hand sind wir am nächsten Tag raus aus dem Bunker, noch mehr Schutt, noch mehr Feuer, noch mehr Elend, es war halt Krieg. Gehen wir die Mama suchen, hat sie gesagt, gehen wir die Mama suchen! Natürlich. Sind wir die Mama suchen gegangen. Was sonst? Haben sie aber nicht gefunden. Wir haben Leute gefragt. Sogar der Erlin-

ger hat seinen Laden aufgesperrt, so war der. Der hat Nerven gehabt, der hat einfach seinen Laden gleich wieder aufgesperrt.«

Sie trank. »Nicht? Nicht?«

Wir tranken beide viel schneller, als wir gegessen hatten. »Und so blieb das Ingelein bei mir. Den Rest vom Krieg und die ganze Zeit später. Sie hat gewusst, dass ich nicht ihre Mama war, und ich habs gewusst, aber wir haben es verschwiegen. Was sollen die Leute groß reden? Ich hab gesagt, ich hab die Papiere verloren, da hab ich neue gekriegt. Nagelneue Papiere, und für die Inge gleich welche mit. Jetzt waren wir Mutter und Tochter. Vater gabs keinen. Der ist im Krieg geblieben. Inges Vater war an der Front. Ich weiß nicht, was passiert wär, wenn er zurückgekommen wär. Paula hatte schon ein Jahr lang nichts von ihm gehört gehabt. Er war praktisch verschollen. Er war halt tot, und sie wollten es der jungen Mutter nicht sagen.« Ich winkte der Bedienung und zeigte auf unsere Gläser. Um uns verließen die Gäste das Lokal, einmal kam der Wirt vorbei und fragte, ob es uns geschmeckt habe, und wir sagten beide Ja.

»Und dann sind Sie aufs Land gezogen«, sagte ich.

»Nein«, sagte Franziska Hrubesch. »Ich bin erst aufs Land gezogen, als die Inge angefangen hat sich fotografieren zu lassen. Da war sie Anfang zwanzig. Sie hat diese Musik gehört und war dauernd beim Tanzen, und ich bin immer gestorben vor Angst. Das wollt ich nicht länger aushalten müssen. Ich hab sie gebeten anzurufen von unterwegs, wir hatten ja schon Telefon im Haus, aber das hat sie nicht getan. Sie wollte raus, wir hatten da eine kleine Wohnung in der Nähe vom Hirschgarten, Wendl-Diedrich-Straße, sie wollte immer dort weg, dahin, wo was los war, nach Schwabing natürlich, in die Türkenstraße, auf die Leopoldstraße.«

Sie sah an mir vorbei. »Nicht? Nicht?«

Dann glitt ein Schatten über ihr Gesicht. »Ich hab mich für sie nicht mehr verantwortlich gefühlt. Klingt das schlecht für mich? Ich hab gedacht, sie ist jetzt erwachsen, ich hab bloß auf sie aufgepasst all die Jahre, ich hab nur geschaut, dass sie wächst und satt wird und zur Schule geht und was lernt, und ich hab als Köchin gearbeitet, ich hab ganz gut verdient. Hier zum Beispiel.«

»Danke«, sagte ich zur Bedienung, die die Gläser hinstellte.

»Klingt das negativ, wenn ich sag, ich hab mich nicht mehr verantwortlich gefühlt?«

Sie sah mich ernst an.

»Entschuldigen Sie«, sagte sie. »Jetzt weiß ich Ihren Namen nicht mehr.«

»Süden«, sagte ich. »Das klingt nicht negativ. Nein.«

»Haben Sie Kinder?«

»Nein.«

»Warum nicht?«

»Weiß ich nicht.«

Sie hob ihr Glas. Wir stießen an, behutsam, als fürchteten wir, die Gläser könnten zerspringen.

»Ich hatte eine Bekannte«, sagte Frau Hrubesch, »eine Kollegin, die hat in Burghausen gewohnt, die hab ich mal besucht. Mir hats da gefallen, es ist eine große Stadt, die Burg, der Fluss, man ist schnell in Österreich. Ich war genau zweimal drüben, aber ich könnt jederzeit hin, wenn ich will. Ist schon in Ordnung dort.«

»Inge wollte nicht mitkommen«, sagte ich.

»Um Gottes willen! Sie war froh, als ich weg war. Nein. Ich weiß nicht. Vielleicht ... vielleicht ... Ich glaub, sie hat sich auch nicht mehr verantwortlich für mich gefühlt, sie hat ihr eigenes Leben gehabt, und ich war eine fremde Frau für sie ein Leben lang. Wir haben uns ... wir haben zusammen gewohnt, ich hab gesorgt für sie, und sie hat im Haushalt mitgeholfen, das hat sie getan. Da kann ich nichts sagen, am Wochenende, wenn keine Schule war, hat sie geputzt und sogar versucht zu kochen, auch wenn das nicht grad ihre Stärke war. Sie gehörte eher zu den Leuten, die sogar heißes Wasser anbrennen lassen, das macht aber nichts.«

Sie schwieg eine Weile.

»Nein«, sagte ich dann. »Das macht nichts.«

»In den letzten Jahren haben wir keinen Kontakt mehr gehabt, ich hab ihr zum Geburtstag geschrieben, und sie hat sich manchmal am Telefon dafür bedankt. Geschrieben hat sie mir nicht mehr, auch nicht zum Geburtstag, sie hat ihn wahrscheinlich vergessen gehabt. Und in meinem Alter. Es gibt immer noch genug Leute, die einen daran erinnern, wie alt man ist. Ich bin zweiundachtzig, nächsten Monat werd ich dreiundachtzig.«

Wir tranken.

Außer uns waren nur noch zwei junge Asiaten im Raum, die sich unbändig über ihre Schweinshaxe zu freuen schienen.

»Wussten Sie, dass Ihre Tochter Tabletten genommen hat?«, fragte ich.

»Nein«, sagte sie. »Aber sie hat schon früher Pillen geschluckt, ich hab sie auch gefragt, aber sie hat mir keine Antwort gegeben. Wahrscheinlich Drogen, ihre Freunde haben alle Drogen genommen, über die stand manchmal was in der Zeitung, einmal war auch das Ingelein abgebildet, da bin ich erschrocken. Ich hab sie zur Rede gestellt, sie hat gesagt, sie ist da nur aus Versehen drauf, sie kennt die Leute gar nicht. Im Schwindeln war sie nie besonders gut. Ich weiß gar nichts über sie. Ich hab sie da liegen sehen, unter dem Tuch, ich hab sie angeschaut und angeschaut und gedacht, ich muss doch jetzt was fühlen, das ist doch praktisch meine Tochter, die da tot liegt. Aber ich hab gar nichts gespürt in meinem Herz, es hat geschlagen wie immer, ich bin dagesessen auf dem Stuhl und hab das Ingelein daliegen sehen. Und die Zeit ist vergangen.«

Sie schwieg wieder. Im Hintergrund kicherten die beiden Asiaten.

»Hat sie sich umgebracht?«, fragte Franziska Hrubesch. Und ihre Stimme war so klar wie ihr Blick.

»Das wissen wir noch nicht«, sagte ich. »Ihr Freund ist verschwunden.«

»Wenigstens hatte sie einen Freund«, sagte die alte Frau.

Ich überlegte einen Moment. »Sie haben nicht geheiratet?«, fragte ich.

»Nein«, sagte sie. »Ich hab nicht geheiratet.«

»Aber doch nicht wegen Inge«, sagte ich.

»Nein«, sagte sie. »Mir hat keiner gepasst.«

Als wäre damit alles gesagt, verschränkte sie die Arme und schloss für einen Moment die Augen.

»Darf ich schnell telefonieren gehen?«, fragte ich.
Sie öffnete die Augen. »Haben Sie kein Handy?«
»Nein.«
Auf dem breiten Bürgersteig vor dem Gasthaus standen mehrere Telefonzellen. Ich rief Rolf Stern an, um ihm kurz von Franziska Hrubesch zu berichten und zu fragen, ob Holzapfel aufgetaucht sei.
Als ich zum Tisch zurückkam, begriff ich sofort, dass ich der alten Frau nichts vormachen konnte. Dass es sogar lächerlich war zu denken, ich müsste ihr etwas vormachen.
»Was ist passiert?«, sagte sie und sah mir wieder mit ihren blauen Augen ins Gesicht. Vielleicht kamen sie mir auch nur so blau vor, weil sie so leuchteten.
Das war ein irrer Moment. Die ganze Zeit, mehr als zwei Stunden lang, hatte ich dieser Frau zugehört, wie sie ihre Geschichte vor mir ausbreitete, ruhig und gefasst und voller Anmut in all dem Schmerz. Ich, ein Fremder, war ihr Zuhörer, und sie erlaubte es sich nicht überschwängliche Gefühle preiszugeben. Und nun, kaum dass ich mich wieder hingesetzt und das erste Wort gesprochen hatte, bekam ich keine Luft mehr. Und ich öffnete den Mund, als wollte ich schreien. Ich schaffte es nicht, der alten Frau diesen Anblick zu ersparen. Ich schaffte es nicht. Schaffte es nicht, nicht mit größter Anstrengung. Ich brachte meinen Mund nicht mehr zu.
Warum hatte ich mir keine Zeit gelassen? Warum war ich wie hypnotisiert ins Restaurant zurückgelaufen, als fände ich dort Erleichterung? Warum tat ich dieser alten Frau das an, die sich heute für immer von dem Menschen verabschiedet hatte, der ihr, aller inneren und äußeren Entfernung zum Trotz, am nächsten stand?
Warum gelang es mir nicht, bloß Polizist zu bleiben?
»Die Frau eines Kollegen ist heute Mittag gestorben«, sagte ich. Und schlug die Hände vors Gesicht wie ein Kind, das glaubt, dass niemand es dann sieht.

13

Als Franziska Hrubesch und ich das Gasthaus verließen und in ein Taxi stiegen, fiel mir etwas ein, das Holzapfel erzählt hatte, und ich dachte, ich sollte es nachprüfen. Doch dann vergaß ich es wieder. Vielleicht weil ich ein Bier zu viel getrunken hatte, vielleicht weil ich an niemand anderen als an Paul Weber denken konnte.

Dank meiner trunkenheitsbedingten Beharrlichkeit gelang es mir, die alte Frau davon zu überzeugen, in einer kleinen Pension zu übernachten, bis die Leiche ihrer Tochter freigegeben wurde. Bis dahin habe sie Zeit, erste Vorbereitungen für die Beerdigung zu treffen, wobei sie noch nicht entschieden hatte, ob sie die Leiche nach Burghausen überführen solle.

»Ist das pietätlos, wenn ich sie hier in der Stadt begrabe?«, fragte sie.

»Natürlich nicht«, sagte ich.

Ein paar hundert Meter von meiner Wohnung entfernt gibt es eine Gaststätte mit Hotelbetrieb im ersten Stock. Manchmal ziehe ich dort ein, wenn mir die Wände zu nah kommen oder ich mir einbilde, in einem fremden Zimmer wäre ich leichter anwesend.

Schon als Jugendlicher empfand ich das Wort Fremdenzimmer wie einen Trost: Hier ist auch für einen Fremden gedeckt, dachte ich, hier werde ich als Fremder einmal unterkommen. Und bis heute habe ich noch kein Jahr in dieser Stadt verbracht, ohne mich einige Tage oder sogar Wochen wie jemand zu fühlen, der nicht hierher gehört, der auf der Straße plötzlich die Orientierung verliert, der sich in einem Hotel einmieten muss, um zur Ruhe zu kommen.

»Hab schon gedacht, du bist krank«, sagte Rollo zur Begrüßung.

Roland Zirl war der Wirt der »Brecherspitze« und betrieb die Pension.

Ich stellte ihm Frau Hrubesch vor.

»Zimmer 5 ist frei«, sagte Rollo.

»Aber ich bezahl alles selber!«, sagte Franziska Hrubesch. Das hatte sie, nachdem ich sie endlich überzeugt hatte mein Angebot anzunehmen, schon mehrmals erklärt.
»Die Dame zahlt nichts«, sagte ich zu Rollo. »Wir rechnen das über das Dezernat ab.« Grundsätzlich hatten wir nur einen Zeugenetat, ein Formular für die Unterbringung von Angehörigen existierte nicht, also würde ich tricksen und mich im schlimmsten Fall bei Volker Thon andienen müssen.
»Das ist mir nicht recht«, sagte die alte Frau.
»Macht nichts«, sagte ich.
Ich hinterließ ihr mehrere Telefonnummern und versprach, mich spätestens am nächsten Morgen zu melden. Dann steckte ich Rollo fünfzig Euro Vorschuss zu.
Bis zum Taxistand am Ostfriedhof ging ich zu Fuß. Es war später Nachmittag und kalt und grau. Was ich jetzt im Dezernat sollte, wusste ich nicht genau. Vielleicht wäre es besser gewesen, direkt ins Schwabinger Krankenhaus zu fahren. Womöglich waren meine Kollegen dort.
Trotzdem ließ ich mich in die Bayerstraße fahren. Meine Kollegen hatten sich alle in Thons Büro versammelt, nur Martin fehlte.
»Paul hat uns gefragt, ob wir zu ihm nach Hause kommen wollen«, sagte Karl Funkel, der Leiter des Dezernats 11, mit dem ich befreundet bin, wenn auch auf eine distanzierte Art. »Volker, Sonja, Martin, du und ich.«
»Warum so schnell?«, fragte ich. Am Telefon hatte mir Rolf Stern nichts weiter gesagt.
Funkel, der über dem linken Auge eine schwarze Klappe trug, schüttelte den Kopf.
»Sollen wir was mitbringen?«, fragte Sonja.
»Was?«, fragte Funkel.
Niemand wusste eine Antwort.

Wir brachten gelbe Chrysanthemen mit, Brot, Wurst und Käse, dazu vier Flaschen Rot- und Weißwein. Als wir in die Wohnung kamen, hatte Weber schon den Tisch gedeckt. Er empfing uns mit einer weißen Schürze, die er sich umgebunden und vergessen hatte abzunehmen.

Wir umarmten uns. Niemand sagte ein Wort. Sonja ging in die Küche, um das mitgebrachte Essen auf Teller zu verteilen, Funkel, der ihr helfen wollte, wurde von ihr zurück ins Wohnzimmer geschickt.
Zu dritt standen wir um unseren Kollegen, in dem kleinen Zimmer, in dem ich mit ihm gesessen und ein spätes Bier getrunken hatte. Paul hatte noch zwei weitere Stühle geholt.
Nach einer Weile ging Funkel wieder in die Küche.
»Wo bleibt Martin?«, fragte Thon.
Ich hatte keine Ahnung. Seit zwei Tagen hatte ich nicht mehr mit ihm gesprochen. Er recherchierte den ganzen Tag im Fall der beiden verschwundenen Mädchen und abends hatte er offenbar keine Zeit sich zu melden. Wie ich. Einen kurzen Moment dachte ich an Esther, doch Funkel und Sonja kamen ins Zimmer, und ich trat einen Schritt zur Seite.
Schließlich saßen wir um den niedrigen Couchtisch. Und boten wahrscheinlich einen kuriosen Anblick. Als Einziger saß Weber auf dem Sofa, von uns anderen hatte jeder auf einem Stuhl Platz genommen. Im Halbkreis vor Paul hoben wir die Gläser.
»Herzliches Beileid«, sagte Sonja.
Jeder sagte dasselbe, und Paul sagte jedes Mal Danke.
Während wir die Teller auf unseren Knien balancierten, weil es zu umständlich war, sich dauernd zum Tisch hinunterzubeugen, trank Weber sein Bier aus der Flasche und rührte das Salamibrot, das er sich auf den Teller gelegt hatte, nicht an.
Keiner von uns aß mehr als eine Scheibe, dafür tranken wir in Windeseile zwei Flaschen Wein leer. Zwischendurch holte ich Weber eine neue Flasche Bier.
»Wollt ihr Schnaps?«, fragte er.
»Nein«, sagte Funkel.
»Du kannst rauchen«, sagte Weber zu ihm.
»Jetzt nicht«, sagte er.
»Du auch«, sagte Weber zu Thon, der den Kopf schüttelte.
»Hier ist kein Rauchverbot«, sagte Weber.
Dann schwieg er. Seine Frau hatte er noch mit keinem Wort erwähnt. Wozu auch? Sie war ja da. Neben ihm. Deshalb saß

er allein auf der Couch. Damit Raum war für die Tote. Ich brauchte nur hinzusehen.

Ich hatte Elfriede kaum gekannt. Wenn sie ins Büro kam, ließen wir die beiden meist allein. Auf den Weihnachtsfeiern tanzte sie. Manchmal war ich am Telefon, wenn sie anrief und ihren Mann sprechen wollte. Dann fragte sie mich, wie es mir gehe, und ich hatte immer den Eindruck, die Antwort interessiere sie wirklich. Ich versuchte dann ehrlich zu sein.

Alles, was ich von ihr wusste, wusste ich von Paul. Oft, wenn er sich am Abend verabschiedete, stellte ich mir vor, wie es sein musste, wenn man jeden Tag zu einer Frau nach Hause kam, die man seit fast dreißig Jahren kannte. Und oft dachte ich dann, dass es wahrscheinlich ein Glück war. Egal, was andere Ehepaare dazu sagen mochten, Paare, die vergessen hatten, weshalb sie zusammen waren oder sich verloren hatten.

Manchmal, wenn ich zur gleichen Zeit wie er Dienstschluss gehabt hatte, begleitete ich ihn absichtlich nicht auf die Straße. Weil ich ihn auf seinem besonderen Heimweg nicht stören wollte. Ich stellte mir vor, wie er, kaum dass er das Dienstgebäude verlassen hatte, anfing sich zu freuen. Wie er Schritt für Schritt beschwingter wurde, ganz gleich, ob er wieder zugenommen hatte. Und wie er aus der U-Bahn stieg, mit der Rolltreppe nach oben fuhr, bekannte Gesichter sah, an den immer gleichen Häusern vorbeiging, bis er die Drachenseestraße erreichte und vor dem schlichten Mehrfamilienhaus stehen blieb, in dem er wohnte, seit er mit Elfriede verheiratet war. Und wie er kurz zögerte, bevor er auf die Klingel drückte oder den Schlüssel aus der Tasche zog. Wie dann an der Tür im zweiten Stock, die genau in dem Moment geöffnet wurde, in dem er um die Flurecke bog, nichts weiter zu sehen war als die Berührung zweier Wangen, das Streichen von Elfriedes Hand über Pauls Arm und eine ungelenke Drehung des bulligen Polizisten, der im engen Flur seinen Lodenmantel auszog.

Und ich sah mich vor der wieder geschlossenen Tür stehen, an der ein Metallschild mit dem Namen Weber angebracht

war und hinter der gedämpfte Stimmen zu hören waren. Bis vor kurzer Zeit und nun nicht mehr.
»Früher«, sagte Weber, »früher hab ich mich oft geschämt, wenn ich allein war. Ich war ja viel allein. Hab mich geschämt. Hab gedacht, ich bin krank. Wenn du in so einem Dorf viel allein bist, fällst du auf, auch als Kind. Du weißt, was ich meine.«
Er sah mich an.
»Ja«, sagte ich.
»Bis ich begriff«, sagte er, »dass jeder eine eigene Einsamkeit hat – wie eine Stimme.«
Er trank, stellte die Flasche auf den Tisch, nahm sie wieder in die Hand.
»Wenn ich so was zu meiner Mutter gesagt hätt, die hätt mich davongejagt. Einsamkeit! So ein Wort gabs bei uns nicht. Wir hatten Arbeit, wir hatten keine Zeit für so Gefühlszeug, mein Vater war beim Straßenbauamt, wenn der abends heimkam, dann wurde gegessen, und fertig. Er stand morgens um halb sechs auf, im Winter noch früher, Schnee schaufeln, streuen, im Sommer Reparaturarbeiten, neue Beläge. Der hätte mir was gepfiffen, wenn ich gesagt hätt: ›Papa, ich bin einsam.‹ Der hätt mir erst eine Ohrfeige gegeben und dann hätt er mich gezwungen, den Garten aufzuräumen, jedes Laubblatt einzeln wegzutragen. So war er, er hat an nichts anderes gedacht als daran, uns drei über die Runden zu bringen. Und das hat er geschafft. Noch eine Woche vor seinem Tod hat er die Fertigstellung einer Brücke beaufsichtigt, da hatte er schon Morphium im Leib, anders hätt er … anders …«
Er senkte den Kopf.
Sonja machte eine Bewegung um aufzustehen, aber Funkel schüttelte den Kopf.
»Ihr müsst was essen«, sagte Weber und wischte sich mit dem Ärmel über die Augen, die Bierflasche in der Hand. Er sah uns an, einen nach dem anderen, und es kam mir vor, als wäre es ihm lieber, wir würden jetzt gehen.
»Das Herz hat nicht mehr mitgespielt«, sagte er. »Hat die Medikamente nicht mehr verkraftet. So was kommt vor, das kann man nicht kontrollieren. Das ist schwer zu messen,

schwer ...« Wie immer hatte er die Ärmel seines Hemdes hochgekrempelt, und wir sahen die dichten grauen Haarbüschel auf seinen Unterarmen. »Ich war grad draußen im Park, die Schwester hat gesagt, ich soll eine Runde spazieren gehen, war auch angenehm in der kühlen Luft. Ich war nicht lang weg, eine halbe Stunde. Als ich zurückkam, hieß es, ich muss in die Intensivstation, da bin ich hin, da hab ich dann gewartet. Die Schwestern haben mir Kaffee gebracht, das war nett. Dann ist der Oberarzt gekommen. Ich hab an seinem Gang gesehen, dass er nichts Gutes zu sagen hat.«

Er schwieg lange. Trank sein Bier aus, strich über die Flasche, fast zaghaft.

In der Ecke tickte die antike Uhr.

»Ich hab mich von ihr verabschiedet«, sagte Weber und sah uns nicht an. »Sie haben mich allein mit ihr gelassen. Früher, als Kind am Chiemsee, da hab ich gedacht, ich bin allein, sogar einsam. Aber heut Mittag, in dem hellen Raum, neben Friedes Bett, da hab ich gewusst, allein und einsam ist man nur, wenn man neben seiner toten Frau sitzt. So allein ist man nicht mal in der allerbeschissensten Kindheit. So allein ist man nur im Krankenhaus ganz am Schluss.«

Er stand auf und ging hinaus. Wir hörten eine Tür schlagen.

»Soll jemand von uns heut Nacht hierbleiben?«, sagte Sonja.

»Wir fragen ihn«, sagte Funkel.

Ich stand ebenfalls auf und suchte zwischen den dicht stehenden Möbeln eine Stelle, wo ich mich an die Wand lehnen konnte.

Funkel griff nach Sonjas Hand und hielt sie fest. Bis vor kurzem hatten sie zusammen gewohnt und die Absicht gehabt zu heiraten. Inzwischen lebte jeder von ihnen wieder allein.

Nach zwei Stunden sagte Weber: »Würd es euch was ausmachen zu gehen?«

Natürlich wollte Sonja ihm helfen, das Geschirr abzuräumen, aber er verbot es ihr.

»Ich kann sowieso nicht schlafen«, sagte er.

An der Tür umarmten wir uns wie bei der Begrüßung.

»Danke, dass ihr da wart!«, sagte Weber.

Im Hausflur wartete ich noch, bis er die Tür schloss. Er machte sie sehr langsam zu, so als müsse er darauf achten, jemanden, der in der Nähe schlief, nicht zu wecken.

Dann lehnte ich meine Stirn an die Tür, drückte beide Hände flach dagegen und schloss die Augen. Meine Kollegen waren längst auf der Straße, da beugte ich mich zurück, die Hände weiter gegen die Tür gepresst, und sagte leise das Gedicht, das mir Paul bei meinem Besuch vorgelesen und von dem ich bis zu diesem Moment nicht gedacht hätte, dass ich es Wort für Wort wiedergeben könnte.

»Die laubigen Laubfrösche bitten laut / der Morgen stellt sich häufig taub und blind / mit Laub auf den Stimmen mit Zungen betaut / für alle die im Herzen barfuß sind.«

In der Stille, die folgte, kam es mir vor, als hörte ich ein Scharren hinter der Tür. Wahrscheinlich täuschte ich mich. Ich wandte mich um und ging die Treppe hinunter.

Vor dem Haus warteten meine Kollegen in Thons Auto auf mich. Das Seitenfenster war offen.

»Fährst du mit?«, fragte er.

»Nein«, sagte ich.

Ich bückte mich, um einen Blick ins Innere des Wagens zu werfen. Sonja saß auf dem Beifahrersitz, sie sah kurz zu mir her. Auf der Rückbank kratzte sich Funkel an der Oberkante seiner Augenklappe und sah mich mit seinem rechten, gesunden Auge traurig an. Ich war mir nicht sicher, ob es richtig war, dass wir Weber allein gelassen hatten.

»Bist du morgen im Urlaub oder arbeitest du weiter für den Mord?«, fragte Thon.

Ich sagte: »Ich arbeite im Urlaub weiter für den Mord. Läuft die Fahndung nach Holzapfel?«

»Morgen ist sein Bild in der Zeitung.«

»Gute Nacht!«, sagte ich.

Funkel winkte mir zu. Thon wendete mit dem Auto, und sie fuhren weg.

Wo war Martin Heuer? Warum hatte er nicht wenigstens angerufen?

Zwei Straßen weiter fand ich eine Telefonzelle.

»Martin?«, sagte ich in den Hörer. Anscheinend hatte ich ihn aufgeweckt. »Wie gehts dir?«
»Entschuldige«, sagte er. »Ich hab das nicht geschafft, ich wollt nicht in die Wohnung. Ich hätt nicht gewusst, was ich sagen soll.«
»Das haben wir alle nicht gewusst.«
»Bleibst du bei ihm?«
»Nein«, sagte ich. »Er will allein sein.«
»Das ist nicht gut«, sagte Martin.
»Sehen wir uns morgen früh?«
»Ich hab eine Verabredung mit einem Typ aus der Szene, er kennt angeblich jemanden, der jemanden kennt, der weiß, wo die Mädchen stecken.«
»Machst du das allein?«, fragte ich.
»Du bist ja im Urlaub«, sagte er.
»Ich kann mitkommen.«
»Nein. Ist dein Holzapfel schon wieder aufgetaucht?«
»Nein«, sagte ich.
Wir verabschiedeten uns.
Ich hatte die Telefonzelle schon verlassen, als mir wieder einfiel, woran ich im Taxi mit Franziska Hrubesch schon gedacht und das ich dann vergessen hatte. Hastig machte ich kehrt. Von der Auskunft ließ ich mir die Nummer des »Hotels Post« in Salzburg geben.
»Welches Datum?«, fragte die Frau an der Rezeption.
»Nein, das ist unmöglich festzustellen, nach vier Jahren und wie vielen Monaten, sagten Sie?«
»Sechs«, sagte ich. »Und der Name sagt Ihnen nichts?«, fragte ich.
»Tut mir Leid, mein Herr.«
»Kann ich Ihre Chefin sprechen?«
»Wissen Sie, wie spät es ist? Es ist fast Mitternacht!«
»Das weiß ich«, sagte ich. »Ich habe Ihnen gesagt, ich bin Polizist, ich schicke Ihnen gern morgen früh ein Fax aus dem Dezernat, im Moment bin ich unterwegs ...«
»Bis so spät arbeitet die Gendarmerie nicht, was?«, sagte die Frau. »Ich schau mal, ob die Frau Dr. Prechtl noch da ist. Augenblick ...«

Ich wartete.
»Prechtl.«
Ich nannte meinen Namen und fragte sie nach Jeremias Holzapfel. Sie kannte ihn nicht.
»Wir haben so viele Gäste während des Jahres«, sagte die Direktorin. »Wir speichern die Namen im Computer, aber nach einiger Zeit löschen wir sie, wenn der Gast dann nicht mehr wiedergekommen ist.«
Ich beschrieb ihr Holzapfels Aussehen. Und seine Kleidung.
»Das ist interessant«, sagte Frau Prechtl.
»So einer war gestern hier, also gestern ist er abgereist, gekommen ist er ... warten Sie ...«
Sie fragte ihre Mitarbeiterin.
Vor der Telefonzelle stand ein älterer Mann mit einem Rauhhaardackel. Der Hund schaute zu mir herauf, als flehe er mich an, ihn von einem schweren Schicksal zu erlösen. Ich betrachtete den Mann und hatte Mitleid mit dem Tier.
»Herr Süden?«, sagte Frau Prechtl. »Der Gast ist vorgestern gekommen, also am Montag, das war der sechste September, und gestern ist er wieder abgereist, am Nachmittag um vier Uhr. Er hatte die Nacht noch gebucht und auch schon bezahlt, aber dann ist er überraschend abgereist.«
»Wie hieß der Mann?«, fragte ich.
»Hrubesch«, sagte Frau Prechtl. Sie buchstabierte den Namen.
»Vorname?«
»Franz. Wohnhaft in München, Theresienhöhe 6 c ... Das ist doch da, wo das Oktoberfest ist, stimmts nicht?«
»Ganz genau«, sagte ich. »Was wollte der Mann in Salzburg?«
»Das weiß ich nicht, er hatte eine kleine Tasche dabei, eine Umhängetasche. Meine Mitarbeiterin sagt, er hat behauptet, er wär schon mal bei uns gewesen, vor ein paar Jahren.«
»Ist er zurück nach München?«, fragte ich.
»Moment ...« Sie sprach wieder mit der Frau von der Rezeption.
Dackel und Herrchen standen immer noch vor der Telefonzelle. Allerdings machte der Mann nicht den Eindruck, als wolle er telefonieren.

»Herr Süden?«, sagte Frau Prechtl. »Meine Mitarbeiterin meint, ja. Er wollte zurück nach München. Aber sicher ist sie sich nicht. Ist das ein Verbrecher, der Herr?«

»Nein«, sagte ich. »Auf Wiedersehen!«

»Wiederschaun, Herr Kommissar!«

Als ich die Zellentür aufschob, bellte der Dackel.

»Guten Abend«, sagte der Mann.

»Guten Abend.«

»Ich muss dauernd mit ihm raus«, sagte der Mann mit reglosem Gesicht. Er schläft nicht mehr. Er ist total unruhig. Schauen Sie ihn an! Er zittert. Der Arzt hat nichts festgestellt. Das ist Wahnsinn. Ich bin bei der Post, ich muss jeden Morgen um fünf raus. Und der Xaver macht mich fertig.«

»Xaver«, sagte ich.

Der Blick des Hundes war erbarmungswürdig. Vielleicht war er im vorigen Leben eine Gazelle gewesen und begriff nicht, was er angestellt hatte, dass er jetzt als bayerischer Biergartenzwerg dahinvegetieren musste.

»Hoffentlich muss ich ihn nicht einschläfern lassen«, sagte der Mann und zerrte an der Leine. »Geh weiter, Xaver, los jetzt!«

Tatsächlich drehte sich Xaver noch einmal zu mir um. Ich winkte ihm. Er bellte und bekam dafür von dem Mann einen Schlag auf den Kopf.

In dieser kalten Nacht war ich froh, schnell ein freies Taxi zu erwischen.

Bevor ich in meiner Wohnung den blinkenden Anrufbeantworter abhörte, zog ich mich aus und duschte. Danach ging ich nackt in den Flur und spulte das Gerät zurück. Martin hatte eine Nachricht hinterlassen. Und Ute.

»Hallo«, sagte sie knapp. »Wo bist du? Warum rufst du nicht an? Pass auf, der Kerl, der da in der Zeitung von morgen abgebildet ist, der saß vor ungefähr einer Stunde in meiner Tram. Ich bin mir ziemlich sicher. Ich hab natürlich nicht auf ihn geachtet. Ich hab die Zeitung erst später gekauft, vorhin erst. Ich hab ihn an dem gelben Ding erkannt, das er anhat. So, das wars. Meine Pflicht als aufmerksame Staatsbürgerin ist damit erfüllt.«

Dann hatte sie aufgelegt. Wie aus einem zwanghaften Impuls heraus öffnete ich das Fenster meines Schlafzimmers und sah hinunter in den Hof. Mindestens fünf Minuten. Dann fing ich an zu frieren und legte mich ins Bett.
Franz Hrubesch. Kehrte der Schauspieler als gewöhnlicher Lügner allmählich in die Wirklichkeit zurück?

14

»Der verarscht uns!«, sagte Rolf Stern, nachdem er meinen Bericht gelesen hatte. »Der weiß genau, was er tut, der spielt mit uns. Wir werden den hochkant und quer in die Mangel nehmen, diesen Simulanten!«
»Spinnst du?«, sagte ich.
In der Nacht zuvor hatte ich kaum geschlafen, um halb sechs war ich aufgestanden, hatte Kaffee gekocht und in übler Stimmung in der Küche gesessen, fast eine dreiviertel Stunde lang, bevor ich die Wohnung verließ, um durch die Stadt ins Dezernat zu gehen. Als ich ankam, gegen halb acht, arbeitete Stern schon an seinem Schreibtisch. Und anscheinend war seine Nacht auch nicht gerade erholsam gewesen.
»Was?«, sagte er laut.
»Der simuliert nicht!«, sagte ich.
»Ist schon recht.« Stern feuerte die Klarsichtfolie mit den beiden Blättern auf einen Stapel, von dem sie sofort runterrutschte.
»Verdammt!« Stern bückte sich, fegte dabei seine Tabakspackung und mehrere Stifte zu Boden und schlug sich das Knie am Tischeck an. Er schrie auf. Sein Telefon klingelte. Kurz hintereinander kamen die beiden groß gewachsenen Oberkommissare Braga und Gerke herein.
»Servus!«, sagte Braga zu mir.
»Servus!«, sagte Gerke.
»Servus!«, sagte ich.
»Wer ist das?«, schrie Stern ins Telefon. »Was will der jetzt in der Früh? Verdammt! Hallo? Stern, Kommissariat hundertzwölf ...«
Braga und Gerke hängten ihre Jacken an den Kleiderständer und grinsten ihren Chef an.
Ich stand auf.
»Bleib sitzen!«, sagte Braga. »Wir müssen eh gleich wieder los.«
»Was ist mit der alten Frau?«, fragte Gerke, während er sich Kaffee eingoss.
»Sie wartet darauf, dass die Leiche freigegeben wird.«

Fast gleichzeitig sagte Stern laut ins Telefon: »Hängt davon ab, wann die Leiche freigegeben wird. Ja. Wiederhören!« Er knallte den Hörer auf, hustete und sah uns an, als wären wir verdammte Eindringlinge. »Das war der Vermieter von der Wohnung in der Wörthstraße. Der will wissen, wann die Wohnung entsiegelt wird, damit er sie weitervermieten kann, der Abzocker! Diese Typen ruinieren die ganze Stadt, jedes Viertel, was glaubt ihr, was der verlangt für die Wohnung, wenn er sie neu vermietet?«
»Das Doppelte«, sagte Braga.
»Darauf kannst du wetten, verdammt!« Stern streckte den Arm mit seiner leeren Tasse aus. »Füll da mal was rein, bitte!«
Es war nicht ganz klar, wen genau er meinte. Ich nahm ihm die Tasse ab.
»Du nicht!«, sagte er genervt. »Du bist hier Gast, verdammt!«
»Schlecht geschlafen?«, fragte Gerke.
»Ich will meine Ruhe«, sagte Stern.
Zur Beruhigung gab ich ihm seine Tasse mit heißem Kaffee zurück.
»Danke«, sagte er.
»Wann wird die Leiche freigegeben?«, fragte ich leichtsinnig.
»Wenn wir mit diesem Simulanten gesprochen haben!« stieß Stern hervor. »Bring ihn her! Und zwar heute noch! Franz Hrubesch! Das ist doch nicht zu fassen!« Zornzerfurcht sah er seine beiden Mitarbeiter an. »Was macht ihr noch hier? Ihr habt einen Zeugen abzuholen!«
»Wir sind auf dem Weg«, sagte Gerke.
»Bis später!«, sagte ich und ging.
Im Parterre traf ich Sonja Feyerabend, die gerade ins Gebäude kam. Sie trug eine schwarze Schirmmütze aus Leder und schwarze Stiefel. Im Gegensatz zu Stern und mir wirkte sie ausgeruht.
»Morgen!«, sagte ich.
Sie sagte: »Morgen! Es geht mich nichts an, aber was ist los mit Ihnen? Sie melden sich nicht mehr, erzählen mir nichts, ich hab Sie gebeten, mit dem verwirrten Mann zu sprechen,

ich finde, Sie könnten mich schon auf dem Laufenden halten.«
»Ja«, sagte ich. »Ich war viel unterwegs in den letzten Tagen.«
Sie ging die Treppe hinauf.
Vom Bahnhof gegenüber rief ich in der Leitstelle der Verkehrsbetriebe an. Kurz darauf stieg ich am Stachus in eine Bahn der Tramlinie 27.
»Hallo«, sagte ich.
»Was willst du?«, fragte Ute und drückte einen Knopf, um die Türen zu schließen.

Bis zum verdammten Petuelring im Norden der Stadt und wieder zurück zur Endhaltestelle im Osten musste ich mit der Straßenbahn zockeln, bis ich gnädigerweise mit Ute sprechen konnte. Wir hatten uns in der Siebenundzwanziger kennengelernt und diese Linie fuhr auf meiner Hausstrecke. An diesem Morgen hatte ich nicht die geringste Geduld. Außerdem spürte ich, dass an diesem Morgen eine Entscheidung fallen würde, was ich, wenn ich ehrlich war, nicht verhindern wollte.
»Er war also in der Achtzehner unterwegs«, sagte ich. »Und dann?«
»Dann ist er ausgestiegen«, sagte Ute und aß eine Banane.
Wir standen auf dem Platz zwischen den Gleisen. Ute hatte zehn Minuten Aufenthalt.
»Kann sein, am Isartor«, sagte sie. »Kann auch sein, auf der Museumsbrücke. Ich weiß es nicht. Am Max-Weber-Platz war er jedenfalls nicht mehr da.«
»Und er hatte den Friesennerz an.«
Sie warf die Schale in einen Mülleimer, wischte sich die Hände an einem Papiertaschentuch ab und ließ es in den Blechkasten fallen.
»Ja«, sagte sie. »Aber ich hab sein Gesicht erkannt, ich kenn ihn von früher, ich hab ihn oft in der Bahn gesehen, er war ein Dauerfahrer. Wahrscheinlich hatte er eine Jahreskarte. Es gibt solche Leute. Manchmal hat er heimlich was getrunken, aber ich habs übersehen. Ich hab nichts gesagt, das ist ja nicht verboten.«

»Was hat er getrunken?«, fragte ich.
»Bier, glaub ich.«
Sie streifte mich mit einem Blick.
Ein paar Leute stiegen in die Straßenbahn und sahen ungeduldig aus dem Fenster.
»Ich mag nicht mehr, Tabor«, sagte Ute.
»Ich mag mich nicht mehr so behandeln lassen. Es ist aus mit uns. Ich kann nicht mehr.« Sie schaute mich an, und ich wollte sagen: Es tut mir Leid, es tut mir Leid, dass ich so oft abwesend bin. Ich wollte sagen: Ich möchte bei dir bleiben.
Ich sagte nichts.
»Hast du eine neue Freundin?«, fragte sie.
»Nein«, sagte ich.
»Scheiße«, sagte sie, drehte sich um, ging zur Straßenbahn, stieg ein, die Türen schlossen sich, und die Bahn fuhr ab. Wir hatten uns nicht mehr angesehen.
Ich stand auf dem Platz. Wie einfach alles. Wie schnell. Wie praktisch. Ich war nicht erleichtert. Ich war nicht besonders traurig, vielleicht war ich nur so viel traurig, wie es sein musste. Vielleicht war mir alles egal, und ich merkte es nicht. Vierundvierzig Jahre alt. Ute war drei Jahre älter. Wir waren zwei Jahre zusammen gewesen. Brutto. Netto war es etwa ein Jahr. Und dazwischen? Dazwischen waren wir allein, als gebe es uns füreinander nicht. Ich wollte es so. Sie wollte es nicht so. Ich wollte es ändern und schaffte es nicht. Und sie sagte, sie habe Verständnis. Und das hatte sie auch. Ich hatte kein Verständnis für ihren Wunsch, mehr Zeit mit mir zu verbringen. Und ich hatte zweimal mit anderen Frauen geschlafen. Zuletzt mit Esther. Mit Esther schon zweimal innerhalb von zwei Tagen. Ohne einen Gedanken an Ute. Ohne einen Zusammenhang mit ihr. Aber Esther war keine neue Freundin, so wenig wie Sonja eine werden würde.
Bevor ich anfing Stolz abzusondern, machte ich mich auf den Weg.
Ich wollte Jeremias Holzapfel finden und war mir sicher, wenn er gestern mit der Straßenbahn gefahren war, dann würde er es heute wieder tun. Und dann würde jemand ihn sehen und mich benachrichtigen.

Mit Letzterem hatte ich recht. In einer Straßenbahn allerdings war der Mann nicht gesehen worden.

Nachdem ich vergebens bei Esther angerufen hatte, um zu fragen, ob Holzapfel sich bei ihr gemeldet habe, hörte ich von unterwegs meinen Anrufbeantworter ab. Vielleicht hatte Stern oder jemand anders aus dem Dezernat eine wichtige Nachricht hinterlassen.

Stattdessen hörte ich die aufgeregte Stimme von Silvia Bast:

»Bitte kommen Sie, ein Mann, der sagt, er heißt Holzapfel, ist in meiner Wohnung, er hat mich ins Bad gesperrt, ich weiß nicht, was er vorhat. Bitte kommen Sie ...«

Ich rannte zum Taxistand.

Zurückzurufen traute ich mich nicht. Offenbar hatte sie ein Handy bei sich, das Holzapfel nicht bemerkt hatte. Was wollte er von der jungen Frau? Er kannte sie überhaupt nicht.

Vor dem Hochhaus auf der Theresienhöhe sprang ich aus dem Wagen. Ich klingelte bei verschiedenen Mietern. Jemand drückte den Türöffner und ich lief in den achten Stock hinauf.

Weil auf mein Klingeln und Klopfen niemand öffnete, schrieb ich meinen Namen auf einen Zettel meines kleinen Blocks. Vorsichtig, damit es nicht knickte, schob ich das Blatt bis zur Hälfte zwischen Tür und Rahmen durch. Dann klopfte ich noch einmal.

»Herr Holzapfel«, sagte ich, den Mund nah an der Tür.

»Bitte lassen Sie mich rein! Ich bin allein hier.«

Minuten vergingen. Ein Schlüssel klickte. Die Tür ging einen Spalt breit auf.

»Hallo, Herr Holzapfel«, sagte ich.

»Polizei«, sagte er.

»Ja«, sagte ich. »Polizei, aber im Urlaub.«

»Ich hab auch Urlaub«, sagte er.

Mit einem festen schnellen Ruck drückte ich die Tür nach innen. Holzapfel stolperte und bevor er begriff, was geschah, hatte ich die Tür hinter mir geschlossen und den Schlüssel an der Badezimmertür gedreht.

Silvia saß verstört auf dem Rand der Badewanne. Als ich die Tür öffnete, sprang sie auf.
»Alles in Ordnung, Silvia«, sagte ich.
Holzapfel stand in der Mitte des Wohnzimmers, mit einem Brotmesser in der Hand. Er starrte Silvia und mich an.
»Ziehen Sie eine Jacke an und gehen Sie!«, sagte ich zu ihr. »Bleiben Sie im Hausflur und sprechen Sie mit niemandem!«
»Und Sie?«, fragte sie angstvoll.
»Ich bleib hier, gehen Sie!«
Hastig riss sie eine Wildlederjacke vom Bügel, warf Holzapfel noch einen unsicheren Blick zu und öffnete die Wohnungstür.
»Danke«, sagte ich.
Als sie draußen war, schloss ich die Tür, drehte mich um, sah Holzapfel in die Augen und machte fünf Schritte auf ihn zu, so schnell, dass er heftig erschrak, als ich ihm eine Ohrfeige verpasste und auf die Hand schlug, in der er das Messer hielt. Er ließ es fallen und ich hob es auf. Dann packte ich ihn, schleifte ihn zum Sofa und pflanzte ihn darauf.
Er leistete keinen Widerstand.
»Sitzen bleiben!«, sagte ich.
Ich legte das Messer in die Schublade zurück, nahm mir einen Stuhl und setzte mich vor Holzapfel hin.
»Wie heißen Sie?«, fragte ich.
Er antwortete nicht. Saß da in seinen geborgten Sachen, die ihm zu groß waren, und schaute mich an oder durch mich hindurch oder an mir vorbei.
»Sie waren in Salzburg«, sagte ich. »Sie haben bei Esther übernachtet, Sie haben ihre Hose, ihren Pullover und ihre gelbe Jacke an. Und der Freund Ihrer Exfrau hat Sie verprügelt. Und jetzt will ich wissen, warum Sie die junge Frau, die in dieser Wohnung lebt, als Geisel genommen haben. Was wollen Sie hier?«
Er antwortete nicht.
Ich dachte nichts, als ich den Entschluss fasste. Ich hatte die Idee und die Idee setzte sich auf eine unheimliche Weise selber in die Tat um: Wie auf ein inneres Kommando hin sprang ich auf, packte Holzapfel an der Schulter, hob ihn hoch, drehte

mich mit ihm zweimal im Kreis und warf ihn zurück aufs Sofa. Er prallte gegen die Rückenlehne, rollte nach vorn und kippte auf den Boden.

Aus seiner Nase tropfte Blut auf das dezente Grau des Teppichs. Holzapfel keuchte. Sein Gesicht war kalkweiß. Seine Haare standen noch struppiger ab als sonst. Den Mund hatte er weit geöffnet, rasselnde Geräusche kamen aus seiner Kehle, und sein Kinn war blutverschmiert. Er blickte schräg zu mir herauf, überaus fassungslos.

Ich holte eine Papierrolle und ein nasses Geschirrtuch aus der Küche. Dann drückte ich Holzapfels Kopf nach hinten und presste mehrere Papierstreifen auf seine Nase, so lange, bis er kapierte, dass er sie selbst festhalten musste. Das Tuch legte ich auf den Teppich, über die Flecken. Dann packte ich Holzapfel erneut an der Schulter, wuchtete ihn in die Höhe und setzte ihn aufs Sofa.

»Nicht den Kopf bewegen!«, sagte ich.

Vielleicht hatte ich es aus Schlafmangel getan, vielleicht weil schon den ganzen Morgen über mein Befinden in den Keller zu rasen schien und ich spätestens nach dem Abschied von Ute hätte nach Hause gehen und mich an meiner Trommel verausgaben sollen. Vielleicht aber ertrug ich nur diesen jämmerlichen Anblick nicht mehr. Und vielleicht wollte ich mich endlich von dieser Gestalt befreien, die mich gezwungen hatte, in meine Vergangenheit zurückzukehren, ohne dass ich verstand, wieso ich das zugelassen hatte.

»Wieso?«, sagte ich.

Den Kopf im Nacken, murmelte er etwas, röchelte und zitterte mit den Beinen.

Ungeduldig ging ich in die Küche, holte Eis aus dem Gefrierfach, klopfte ein paar Würfel aus dem roten Plastikbehälter, wickelte sie in ein Tuch, nahm Holzapfel die blutverschmierten Papiertücher aus der Hand und drückte ihm das Eis auf die Nase, die langsam aufhörte zu bluten.

Die Tücher warf ich in die Toilette. Dann wusch ich mir die Hände und das Gesicht, trocknete mich ab und setzte mich wieder auf den Stuhl vor Holzapfel.

»Haben Sie Ihre Freundin vergiftet?«, fragte ich.

Er schniefte.
»Ich möchte, dass Sie mir zuhören«, sagte ich.
Langsam, mit halb geöffneten Augen, senkte er den Kopf.
»Sie ... Sie haben mich geschlagen ...«, krächzte er.
»Nein«, sagte ich. »Tuts weh?«
Zaghaft schüttelte er den Kopf.
Wir schwiegen.
Er betrachtete das blut- und wasserdurchnässte Tuch in seinen Händen.
»Den Kopf gerade halten!«, sagte ich.
»Warum haben Sie das getan?«, fragte er.
Ich sagte: »Damit Sie aufwachen.«
Er verzog den Mund.
»Das schadet doch nicht«, sagte er stockend. »Das schadet doch nicht, wie ich bin.«

15

Tatsächlich sah er mir jetzt direkt in die Augen. Zum ersten Mal.

»Wo war ich?«, sagte er mit dünner Stimme.

Er sah sich um. Wollte aufstehen, schaffte es aber nicht. Wusste nicht, wohin mit seinen Händen. Ich nahm ihm das Tuch mit den fast geschmolzenen Eiswürfeln ab, knüllte es zusammen, ging in die Küche und warf es in den Ausguss.

»Diese Wohnung kenn ich von außen«, sagte er. »Hier bin ich gemeldet. Clarissa hat nichts dagegen, schadet ja niemandem.«

»Sie hat mir alles erzählt«, sagte ich.

»Alles?«, fragte er.

»Sie sind Schauspieler, Sie spielen, Sie verwechseln die Wirklichkeit mit ihrer Phantasie.«

»Tun Sie das nie?«, fragte er.

Ich schwieg.

»Ich war verreist«, sagte er. Sein Blick war verschwommen, er breitete die Hände aus, dann ballte er sie zu Fäusten, blickte an sich hinunter wie an einem unbekannten Körper. »Wo war ich?«

»Sie waren in der Stadt, Sie waren bei der Polizei ...«

»Ja«, sagte er. »Ja, ja ...« Angestrengt dachte er über etwas nach. »Bei der Polizei, bei ... Ihnen. Ich erkenne Sie wieder. Sie sind der Mann, der mich ausgefragt hat ... im Bahnhof.«

»Woran erinnern Sie sich noch, Herr Holzapfel?«

Er presste die Knie aneinander und stemmte die Arme auf die Oberschenkel.

»Inge ist tot«, sagte er. »Sie ist gestorben.«

»Haben Sie Inge umgebracht?«

Er hob den Kopf, zupfte an Esthers blauem Rollkragenpullover.

»Ich?«, sagte er. Dann senkte er den Kopf. »Ich hab ihr Tabletten gegeben. Mit Alkohol. Ich hab ihr den Drink gegeben. Ich.«

»Warum, Herr Holzapfel?«
»Warum?« Er sprang auf. »Weil sie wegwollte. Wollt weg, deswegen! Sie hat Tabletten sowieso genommen, die Jahre … hat Tabletten gefressen …«
Mir fiel auf, in welch krassem Gegensatz seine jetzige Sprechweise zu der Art stand, wie er sich ausdrückte, als wir uns das erste Mal begegnet waren. Vor knapp einer Woche hatte er sich um korrekte Sätze bemüht, wie ein Sprecher im Rundfunk, und nun redete er schnell und unaufmerksam, als wäre ihm nicht bewusst, was er redete.
»Wann haben Sie Inge umgebracht?«, fragte ich.
»Am Sonntag«, sagte er schnell. »Am Sonntag oder am Montag.«
»Sicher?«
»Sicher, sicher! Nein!« Er hob die Hand. »Am Dienstag wars, am Dienstag!«
»Wie haben Sie sie umgebracht, Herr Holzapfel?«
»Sag ich Ihnen doch!« Er wurde immer erregter, immer nervöser. »Tabletten, Alkohol, Mischmasch, fertig!«
»Und den Mischmasch haben Sie Inge zu trinken gegeben«, sagte ich.
Da fing er an zu lachen. Er lachte laut und hektisch, sein Oberkörper bebte, er bückte sich und klopfte sich auf die Schenkel und wippte in den Knien. Es sah aus, als wäre er übermütig wie ein Kind.
»Der Mischmasch!«, rief er. »Der Mischmasch! Den hat sie getrunken, hahaha. Den hat sie getrunken!«
»Wo hat sie den Mischmasch getrunken?«, fragte ich. »In der Küche?«
»In der Küche?«, wiederholte er. »In der Küche?« Er holte Luft. Sein Lachen war verebbt. »In der Küche. Ja.«
»Und dann haben Sie die tote Inge ins Bett gelegt.«
»Ja!«, sagte er laut.
»Und dann haben Sie neben ihr geschlafen«, sagte ich.
»Nein!«, schrie er.
Mit einem Satz war er an der Balkontür und schlug mit dem Kopf dagegen. »Sie war tot! Ich schlaf nicht neben einer Toten, schlaf ich nicht!«

Wahrscheinlich sagte er die Wahrheit. Nach meinen und den Beobachtungen der Kollegen vom Hundertzwölfer gab es keine Hinweise darauf, dass eine zweite Person im Bett gelegen hatte.

Mit dem Rücken zu mir presste er die Hände gegen die Glasscheibe, und für einen Moment sah ich mich selbst so dastehen, nicht vor einem Fenster, sondern vor einer Wand, und die Wand war stärker als ich, und ich musste raus, raus aus meiner Wohnung.

»Wir gehen!«, sagte ich und stand auf.

Holzapfel fuhr herum. »Nein! Ich wohn hier, ich bleib da. Sie gehen, ich nicht.«

»Sie kommen mit!«

»Nein!«

Ich kam auf ihn zu. Er duckte sich.

»Wo ist Ihre Jacke?«, fragte ich.

»Hab keine Jacke, ohne Jacke hier!«

»Sie haben einen Anorak von Esther mitgenommen«, sagte ich.

Er wand sich an mir vorbei und ging in den Flur. An einem Haken hing der Friesennerz. Auf dem Boden stand eine schwarze Einkaufstasche. Als Holzapfel sich nach ihr bückte, rutschte ihm sein Geldbeutel aus der Hosentasche. Rasch steckte er ihn wieder ein. Der ebenso schnelle Blick, den er in meine Richtung warf, war mir nicht entgangen.

Er zog den Anorak an. »Jetzt Verhaftung?«, sagte er.

»Nein«, sagte ich. »Spaziergang.«

Er starrte mich an, wie schon oft, und ich machte die Tür auf.

»Los jetzt!«, sagte ich.

Silvia Bast ging im Flur auf und ab.

»Sie können in Ihre Wohnung zurück«, sagte ich. »Auf dem Teppich sind Flecke, die Reinigung bezahlt meine Haftpflichtversicherung. Wollen Sie gegen Herrn Holzapfel Anzeige wegen Hausfriedensbruch und Freiheitsberaubung erstatten? Und wegen Körperverletzung?«

Sie sah ihn an. »Vielleicht ...«, sagte sie zögernd. »Wie macht man das?«

»Sie kommen ins Dezernat 11, dort erledigen meine Kollegen die Sache.«
»Gut«, sagte sie. »Was machen Sie mit ihm?«
»Ich nehme ihn mit«, sagte ich.
Holzapfel schaute die ganze Zeit zu Boden.
»Soll ich jemanden zu Ihnen schicken?«, sagte ich. »Meine Kollegen können Sie abholen.«
»Nein«, sagte sie. Noch einmal musterte sie Holzapfel.
»Er … er hat mir eigentlich nichts getan, nur eingesperrt hat er mich. Warum? Warum haben Sie das gemacht?«
Holzapfel sah sie nicht an.
»Er ist krank«, sagte ich.
»Ich bin nicht krank!«, schrie er.
Erschrocken wich Silvia zurück.
»Ich melde mich später bei Ihnen«, sagte ich.
»Sie müssen mir ziemlich viel erklären«, sagte sie.
»Ich weiß nicht, ob ich das kann.«
»Versuchen müssen Sie es.«
»Ja«, sagte ich.
Ich schob Holzapfel durch die geöffnete Tür.
Bevor wir im Erdgeschoß in die Durchgangshalle neben dem Kaufhaus traten, hielt ich ihn am Arm fest.
»Sie sind krank«, sagte ich. »Und ich bringe Sie zu einem Arzt. Und danach gehen wir ins Dezernat, dort werden Sie schon erwartet.«
»Von wem?«, fragte er.
»Und unterwegs sprechen Sie mit mir, einverstanden?«
»Ich will nicht gehen, meine Füße tun mir weh, kaputt sind die.«
»Wir gehen nicht«, sagte ich. »Wir fahren.«
Eine Viertelstunde später saßen wir in der Linie 19 und fuhren durch die Innenstadt.
In seinem Friesennerz, mit der schwarzen Tasche auf den Knien, den Kopf ans Fenster gelehnt, bot Jeremias Holzapfel alles andere als den lustigen Anblick, den Esther vermutet hatte.

Außerhalb seiner inneren Welt existierte noch immer wenig. Auch wenn ich den Eindruck hatte, dass seine Erinnerung zurückkehrte und er langsam wieder fähig war, die Dinge zu ordnen. Gleichzeitig aber schien er weiter ein Gefangener jener Welt zu bleiben, die er selbst erschaffen hatte, die er beschwor, als fürchte er unbewusst, für immer aus seinem Zimmerland verjagt worden zu sein.
Während wir über die Maximiliansbrücke fuhren, holte er aus der schwarzen Tasche einen Sixpack Bier, riss eine Dose aus der Verpackung und steckte die anderen wieder in die Tasche. Mir bot er nichts an.
Jeremias Holzapfel trank Bier und schaute aus dem Fenster.
Wir schwiegen. Eng aneinander gedrückt saßen wir auf den schmalen Sitzen und dennoch jeder für sich. Ich hatte keinen Plan. Ich hatte gedacht, dass er in der Straßenbahn vielleicht eine Ruhe empfand wie sonst kaum an einem Ort. Und dass er mir hier die Wahrheit darüber sagen würde, was am vergangenen Dienstag, dem einunddreißigsten August, in der Wohnung in der Wörthstraße wirklich geschehen war.
Ohne einen Blick durch das gegenüberliegende Fenster der Tram zu werfen, wo er das Haus, in dem Inge Hrubesch gestorben war, hätte sehen können, trank er gierig die Dose leer, verstaute sie in der Tasche und öffnete eine neue.
Die ganze Zeit sagten wir kein Wort. Wir kamen am Ostbahnhof vorüber, mussten am Orleansplatz wegen Bauarbeiten warten, bogen nach Berg am Laim ab und wendeten an der St.-Veit-Straße, um die kilometerlange Strecke in entgegengesetzter Richtung zurückzufahren.
An einer Straßenecke in Haidhausen sagte Holzapfel plötzlich: »Da, in dem Haus da, da drüben, da war früher ein Kino. Da war ich.« Er wischte mit dem Ärmel über die Scheibe. »Die meisten Kinos sind weg heut, weg sind die, weg.«
»Welchen Film haben Sie in dem Kino gesehen?«, fragte ich.
Er antwortete nicht.
»Der erste Film, den ich als Kind gesehen habe«, sagte ich, »hieß ›Sinuhe, der Ägypter‹.«
»Den kenn ich!«, sagte Holzapfel und fuhr herum. »Hab ich auch gesehen, ich auch, als Jugendlicher aber, als Jugendli-

cher.« Nickend trank er, und das Bier tropfte ihm aus dem Mund.
»Wie alt sind Sie?«, fragte er und sah an mir vorbei.
»Vierundvierzig.«
»Ich einundfünfzig«, sagte er so laut, dass die Frau vor uns sich umdrehte.
»Grüß Gott«, sagte ich zu ihr.
»Grüß Gott«, sagte Holzapfel ebenfalls, ohne sie anzuschauen.
Die Frau wandte sich wieder nach vorn.
Holzapfel neigte den Kopf zu mir. »Sie?«, flüsterte er.
»Ja«, flüsterte ich.
»Haben Sie geweint im Kino damals? Damals im Kino?«
Sein Mund war nah an meinem Ohr. Als ich den Kopf drehte, roch ich seinen Bieratem und ich wünschte, er würde mir auch eine Dose anbieten.
»Nein«, sagte ich. »Ich war glücklich, dass mein Vater neben mir saß.«
»Das versteh ich«, sagte Holzapfel und sah wieder aus dem Fenster. »Das versteh ich doch.«
Nach einer Weile fuhr er wie zuvor herum: »Früher«, sagte er. »Früher, nachts, in der Nacht, wenn ich Angst hatte, als Kind, kleiner Junge, wenn es schlimm war, Mutter laut, Vater laut, schlimm schlimm, da hab ich mir vorgestellt, ich bin Schauspieler. Bettschauspieler. Bin Schauspieler und muss das jetzt spielen, das alles, schlimme Rolle spielen, ist eine Rolle, ist nur die Rolle, die man spielen muss. Mutter gemein, Vater unberechenbar, alles Rollen, Charakterstudien, ein Drama, ich der Sohn. Hans Ichtersohn, so war mein Rollenname, ganz klar, so kam ich durch, durch die Nacht und durch die nächste Nacht. Und im nächsten Film wirds besser dann, wirds besser, sicher. Es ist nicht von Vorteil, immer dieselben Rollen zu spielen. Das hat geholfen. Das hilft.«
Mit einem Ruck wandte er sich ab.
»Es hat sich nichts geändert«, sagte ich.
Er trank. Er stöhnte.
Wie in einem rückwärts, in derselben Geschwindigkeit laufenden Film passierten wir erneut den Hauptbahnhof, kamen

am Dezernat 11 vorüber und folgten der Bayerstraße, bis wir irgendwann in Pasing sein würden. Wie Statisten saßen wir da, oder Touristendarsteller, und es gab niemand, der uns Anweisungen gab oder uns entließ. Ich sagte: »Wollten Sie nie etwas anderes machen? Mit der Schauspielerei aufhören?«

»Hab ich doch!«, rief er.

»Hab ich! Hab ich!« Er bemerkte, dass die Frau vor uns, eine andere als vorher, dabei war sich zu uns umzuschauen, und sagte mit gedämpfter Stimme: »Aber ändern klappt nicht. Man kommt nicht raus, man bleibt immer gleich. Ganz gleich.«

»Kennen Sie die Geschichte von den Affen auf den japanischen Inseln?«, fragte ich.

Er fing an zu kichern. Zwischendurch trank er, dann kicherte er weiter. Sein Oberkörper schüttelte sich, er wippte mit den Knien, die Tasche auf seinen Beinen hüpfte, es sah aus, als würde er sich gleich in ein Kind verwandeln, das vor Freude in die Hände klatscht.

»Was ist?«, fragte ich.

»Affen«, gluckste er, »Affen kenn ich, kenn ich genau, kenn ich! War doch selber einer. Haben Sie mich nicht gesehen? Was versäumt!«

Er hob die Dose an die Lippen und setzte nicht ab, bis er sie leer getrunken hatte. Er ließ sie in die Tasche fallen, griff hinein und holte eine weitere Dose heraus.

»Krieg ich auch eine?«, fragte ich.

»Selbstverständlich, mein Herr!«, sagte er und hielt mir die Dose hin. Dann nahm er sich eine neue, und wir tranken gleichzeitig.

»Gerade Verzicht auf jeden Eigensinn war das oberste Gebot, das ich mir auferlegt hatte«, sagte er. »Ich, freier Affe, fügte mich diesem Joch. Dadurch verschlossen sich mir aber ihrerseits die Erinnerungen immer mehr.« Er spielte mit der Dose in seinen Händen, drehte sie, hob sie hoch, klopfte damit ans Fenster. »Mit Freiheit«, sagte er und schob den Unterkiefer vor, zog die Stirn in Falten, blickte verdrossen drein. »Mit Freiheit, mit Freiheit betrügt man sich unter Menschen allzu oft. Und so wie die Freiheit zu den erhabensten Gefühlen zählt, so auch die entsprechende Täuschung zu den erhabensten ...« Er holte Luft, warf den Kopf hin und her, keuchte. »Ich habe mich ... ich habe mich in die Büsche geschlagen ... Ich hatte keinen anderen Weg ... keinen anderen Weg, immer vorausgesetzt, dass nicht die Freiheit zu wählen war ...«

Was er da sagte, was er deklamierte, war aus einer Geschichte, die ich vor langer Zeit gelesen hatte, und ich erinnerte mich, dass es immer wieder Schauspieler gegeben hatte, die den Text für die Bühne bearbeitet hatten.

»Wo haben Sie das gespielt?«, fragte ich.

Und er kicherte wieder. »Wo? Überall! Immer doch! Doch überall doch immer überall! Das ist doch logisch. Überblicke ich meine Entwicklung und ihr bisheriges Ziel, so klage ich weder, noch bin ich zufrieden.«

»Ja«, sagte ich.

Er verfiel in ein Schweigen, das von einem Rasseln aus seiner Brust begleitet wurde.

»Meine Affengeschichte geht anders«, sagte ich.

Er reagierte nicht.

»Wissenschaftler«, sagte ich, das Gesicht ihm zugewandt, während er aus dem Fenster sah, »haben jahrelang Affenkolonien auf den japanischen Inseln beobachtet. Und dann legte einer der Wissenschaftler eines Tages Süßkartoffeln an den Strand. Und tatsächlich holte sich ein Affe eine Kartoffel und aß sie. Dann kam ein ganz junger Affe daher, nahm eine der Kartoffeln, die dort lagen, und wusch sie im Meer.«

Holzapfel hob den Kopf.

»Er wusch sie, weil sie ihm dann wahrscheinlich besser schmeckte. Außerdem wurde sie bei der Gelegenheit gesalzen.«

»Das stimmt!«, sagte Holzapfel. »Das stimmt aber!«

»Ja«, sagte ich. »Und nach und nach wuschen immer mehr Affen ihre Kartoffeln, bis sie es schließlich alle taten. Alle Affen wuschen ihre Kartoffeln.«

»Hihi«, machte Holzapfel.

»Aber das Unglaubliche war, so behaupten Wissenschaftler, dass auch auf den anderen Inseln die Affen anfingen, ihre

Kartoffeln vor dem Fressen im Meer zu waschen. Obwohl diese Inseln nicht miteinander verbunden sind!«
Holzapfel leckte sich die Lippen und legte die Dose an sein Ohr, als lausche er einem Klang.
»Und seither fressen alle Affen auf den japanischen Inseln gewaschene Kartoffeln. Den einen Affen aber, den jungen, mit dem alles begonnen hat, den nannte einer der Forscher den ›hundertsten Affen‹, seiner Meinung nach war dieses Tier der Beginn einer elementaren Veränderung. Wenn wir also aufhören, meinte dieser Wissenschaftler, an den ›hundertsten Affen‹ zu glauben, geben wir die Hoffnung auf, dass sich jemals was ändern kann mit uns.«
Ruckartig stand er auf.
»Ich muss sofort aussteigen! Sofort!«, rief er.
Also stiegen wir in der Nähe der Friedenheimer Brücke aus der Straßenbahn.
Holzapfel, die Tasche unter den Arm geklemmt, fing an im Kreis zu laufen, er ging um ein Wartehäuschen herum, erst in die eine Richtung, dann in die andere, stierte vor sich hin und achtete auf niemanden.
Dann blieb er genau vor mir stehen und sah mir in die Augen.
»Hoch lebe die Wissenschaft!«, sagte er ernst. »Aber wird mich das retten? Ich hab keine Freiheit mehr, die ist verbraucht. Ich beklag mich doch nicht, nein.«
»Nein«, sagte ich. Und da er so nah vor mir stand und offensichtlich in der Lage war, mich wahrzunehmen, sagte ich: »Ich glaube nicht, dass Sie Ihre Freundin Inge mit Tabletten und Alkohol vergiftet haben. Ich glaube es nicht. Ich glaube, Inge war schon tot, als Sie in die Wohnung kamen, und von da an kam Ihnen die Wirklichkeit abhanden.«
Er sagte nichts.
Eine Straßenbahn hielt. Leute drängten sich an uns vorbei. Ich bemerkte, wie der Fahrer den Mann in dem gelben Anorak lange betrachtete. Dann holte er ein Mobiltelefon heraus und tippte eine Nummer.
Wenn ich noch etwas erfahren wollte, musste ich mich beeilen.

»Können Sie mir bitte Geld für Zigaretten leihen?«, sagte ich.
Er war verwirrt.
»Bitte«, sagte ich. »Ich hab kein Geld dabei. Ich muss aber jetzt rauchen.«
Zögernd griff er nach dem Geldbeutel in seiner Hosentasche. Und gerade, als er das Portmonee öffnen wollte, riss ich es ihm aus der Hand. In einem Seitenfach steckte ein klein zusammengefaltetes Blatt, das ich herausnahm.
»Entschuldigung«, sagte ich und gab ihm den Geldbeutel zurück. Er nahm ihn, hatte aber nur Blicke für das Blatt in meiner Hand. Ich faltete es auseinander. Es war ein Brief, handgeschrieben, die Anrede lautete: »Mein liebster Jeremias, mein einziger Freund!«
»Ich habe den Moment abgepasst, wenn du nicht da bist. Ich bitte dich um Verzeihung, und du musst wissen, dass du nicht Schuld bist an dem, was ich tue und was ich auch tun muss, weil ich mir sonst nicht mehr in die Augen schauen kann und dir erst recht nicht. Ich habe festgestellt, ich will nicht mehr leben. Ich bin eine alte Frau. Mit dem, was ich mache, um Geld zu verdienen, bin ich mit achtundfünfzig eine alte Frau, und ich sehe auch so aus. Du warst gut zu mir und bei dir habe ich manchmal sogar vergessen, wie alt ich bin. Das war das Glück in meinem Leben, dieses Glück kann aber nicht andauern, weil ich das nicht will, es wird dann ein abgestandenes Glück, und das ist fürchterlich. Lieber Jeremias, als ich dich kennengelernt habe, warst du ein komischer Schauspieler, und je länger ich dich kannte, desto mehr bist du ein Mensch geworden, der normal ist. Ich habe das beobachtet, und das hat mir gefallen. Bei diesen Fotosachen, die ich gemacht habe, habe ich zu viel Schlechtes und Widerliches erlebt, das möchte ich nicht mehr. Aber was anderes als das, was ich gemacht habe all die Jahre, kann ich nicht. Ich bin eine ungelernte Frau, alles, was ich konnte, war mich fotografieren lassen und mich ausziehen. Ist das nicht erbärmlich? Warum bist du so lange bei mir geblieben? Immer wieder wollte ich dich wegschicken, aber du bist immer wiedergekommen wie eine Katze. Jetzt geht alles nicht mehr. Ich ekele mich so, dass ich mich nicht einmal betrin-

ken kann, und die Tabletten helfen auch nicht mehr. Nichts hilft mir mehr, nicht einmal du. Du musst mir verzeihen, wenn du kannst. In der Schatulle sind 3000 Euro, die nimm für die Beerdigung und für alles, was du brauchst. In der grünen Schublade unter meinem Schreibtisch liegt noch alte Währung. Alles, was in der Wohnung ist, gehört dir, aber du musst nichts davon aufbewahren, das ist alles überhaupt nichts wert, an allem klebt mein schlechtes Leben. Und jetzt, mein Liebster, küsse ich dich. Und eine Bitte habe ich: Vergrab dich nicht wieder so wie früher, geh ins Leben wie man an die frische Luft geht, geh raus, spiel auf der Bühne und sonst nirgends! Du bist ein freier Mensch, was ich nie gewesen bin. Deine Inge
PS: Kannst du dafür sorgen, dass ich im Grab meine Perücke aufhaben darf? Danke.«

Er litt, sagte Professor Werner Rosacher, an einer vorübergehenden psychogenen Amnesie, ausgelöst durch den Schock beim Anblick seiner toten Lebensgefährtin. Da er bereits von Jugend an die Tendenz gehabt hatte, Ereignisse und Wirklichkeit zu verdrängen, was schließlich dazu geführt hatte, dass er sich ein Weiterleben nur noch als Schauspieler auf einer imaginierten Bühne vorstellen konnte, bedeutete der Tod von Inge Hrubesch für ihn eine existentielle Katastrophe. Zumal, wie der Professor erklärte, Holzapfel seit ungefähr zwei Jahren in der Lage gewesen war, seine alte Maske abzulegen und dank der Unterstützung von Inge Hrubesch ein ungekünsteltes selbstbewusstes Leben zu führen. Dass seine Ehefrau ihn vor vier Jahren und sechs Monaten als vermisst gemeldet habe, war reine Einbildung gewesen, auch wenn er damals tatsächlich nach Salzburg gefahren war, offenbar in der irrigen Vorstellung, ein Engagement bei den Festspielen zu haben.
»Und wie wird er in Zukunft leben?«, fragte ich.
»Wir werden ihn beobachten«, sagte der Professor.

Nach einer kurzen Vernehmung Holzapfels durch meine Kollegen Stern, Braga und Gerke kopierte ich den Abschiedsbrief für die Akten.

»Der gehört Ihnen«, sagte ich.
Holzapfel legte das auf beiden Seiten beschriebene Blatt auf den Tisch und griff in seine Hosentasche.
»Und der gehört Ihnen«, sagte er.
Ich nahm den kleinen Zettel. Mein Name stand darauf. Es war der Zettel, den ich durch die Tür im Hochhaus geschoben hatte.
Als ich das Büro verließ, um einige Minuten allein in dem kleinen Vernehmungsraum im dritten Stock zu verbringen, rief Rolf Stern mich ans Telefon.
»Für dich«, sagte er und hielt mir den Hörer hin.
»Tabor Süden.«
»Hier ist Clarissa Holzapfel, ich möchte mich für die Ohrfeige entschuldigen, die ich Ihnen gegeben habe.«
Ich sagte: »Das ist nicht nötig.«

Das Gedicht von den »laubigen Laubfröschen« im 4. Kapitel schrieb Jan Skácel.
Der Affentext, den Holzapfel im 15. Kapitel zitiert, stammt aus der Erzählung »Bericht für eine Akademie« von Franz Kafka.

ZWEIFACH MIT DEM
DEUTSCHEN KRIMI PREIS AUSGEZEICHNET:
FRIEDRICH ANIS SÜDEN-REIHE
BEI KNAUR

Friedrich Ani

Süden und das Gelöbnis des gefallenen Engels

Süden und der Straßenbahntrinker

Süden und die Frau mit dem harten Kleid

Süden und das Geheimnis der Königin

Süden und das Lächeln des Windes

Süden und der Luftgitarrist

Süden und der glückliche Winkel

Süden und das verkehrte Kind

Süden und das grüne Haar des Todes

Süden und der Mann im langen schwarzen Mantel

»Locker und doch nachdenklich, witzig und doch melancholisch – eine Romanreihe, die das Potenzial hat, zu Simenonschen Dimensionen zu wachsen.«
Süddeutsche Zeitung

»Einzigartig. Wer Ani liest, lernt anders denken.«
Hamburger Abendblatt

Knaur Taschenbuch Verlag

Weitere Bände in der

ISBN 978-3-86615-639-5

ISBN 978-3-86615-640-1

ISBN 978-3-86615-643-2

ISBN 978-3-86615-632-6

Süddeutsche Zeitung Bibliothek

ISBN 978-3-86615-641-8

ISBN 978-3-86615-642-5

ISBN 978-3-86615-645-6

ISBN 978-3-86615-646-3